こわいこわい

短編小説集

黄英治

三一書房

カバー画：角取 明子
題字：すぎむら ふたば

もくじ

I

墓守り

墓殺し

ひまわり

煙のにおい

あばた

君が代アリラン

墓守り

枕元に置かれた水島駿一のスマホが発光して、低い呼び出し音を伴って振動し始めた。それで目覚めたのは妻の靖子だった。部屋は薄闇に沈んでいる。靖子は出窓に眼をやる。レースのカーテン越しに日の出前の薄明が見えた。こんな時間に誰だろう？　不安を掻き立てるように振動は途切れない。明らかにこちらの応答を強く求めているようだ。昨夜、義父の八十二歳の誕生会で興に乗り、あまり強くもないのに深酒した駿一は、低くいびきをかいて身じろぎもしない。靖子は駿一を起こすより、まず自分が電話に出たほうがよさそうだ、と判断して躰を起こした。すると呼び出し音が留守録案内に変わり、待ちかねたように義母の震える声が聞こえた。

「シュンちゃん、寝てるの？　早く起きて！　お父さんが倒れちゃった！　いま救急車を待ってるとこ――」

アパートの玄関を出た駿一の頬を、初夏の朝風が涼やかに撫でた。タクシーで帰宅した昨夜の夜半近く、冷房の効いた車内から出たとき、あまりに蒸し暑い外気にたじろいだ記憶がよみがえる。この落差――。俺の躰中の毛穴から汗が噴き出したとき、親父は気持ちよく寝ていたんだよな……。

「よし俺は充分できあがった。そろそろお開きにしようや。シュン、気をつけて帰れよ」

そう言い残して父の雅恒は寝室へ向かった。大きなごま塩頭を乗せた、少し丸まってはいるが鉄くず屋時代の肉体労働でつくられた頑丈で広い背中。あの親父が意識を失って朽木のように倒れているって？　昨夜はあんなに上機嫌で、そうだよ、いつものように話題の中心にいて、妹のきよみと漫才のような掛け合いをしてみんなを大笑いさせた――。駿一は涙ぐみかけた。だが、泣けば父をあちらへ追いやる気がして、眼の奥に力を入れ奥歯を噛みしめた。

まだ酒が残る駿一は靖子に運転を任せた。車中、駿一と靖子は言葉を交わさなかった。よくないことが起こっている。確かなのはそれだけ。事態がよく飲みこめない。そのもどかしさがふたりを沈黙させた。半時間ほどで隣町の総合病院のがらんとした駐車場に着いた。雲ひとつない真っ青な空に白く発熱した太陽が昇ってきており、結婚後も親と同居する妹の青いワゴン車のフロントガラスが朝陽を反射していた。きよみは救急車についてきたか。親父が好きでたまらないあいつが家で待てるはずがない。だとすると、婿の明義と二歳の陽菜《ひな》もきているか……。陽光に晒されて退色した赤色灯が回転する救急入口へと足早に向かいながら、駿一は誕生会で笑い転げて酒食を楽しんだ面々が、半日を経ずして救急病棟に集まらねばならなくなったことが納得できずにいた。

なんで！

靖子は前を行く駿一から絞り出た、憤怒の声を聞いた。

消毒の臭いが漂う廊下を時間外受付で教えられたとおりに進む。二つ目の角を曲がると救急外来の看板が見えた。その待合室には駿一の家族のほかに、四人の見知らぬ顔があった。駿一の到着を見逃すまいと、こちらを見続けていたらしい母の文子がすぐに立ちあがって近寄ってきた。きよみ夫婦は、ふたりの間に寝かせてバスタオルをかけた陽菜を見守るようにして座ったままで、駿一たちに小さくうなずいた。

「私らもほんの十五分ぐらい前に着いたとこ」と文子が充血した眼で言った。「救急隊から連絡が行っていたのかな、まっすぐCTスキャンの部屋へ入った」

彼女は救急治療室の反対側にある、ドアが四つ並んだ部屋の方を指差した。

「うん、そう。で？」

駿一の問いに、文子の眼が一瞬にして潤む。思い出したくないんだろうが、駿一は聞かねばならない。

「……そう三時半ぐらいだったかな、お父さん、うおおって、唸り声をあげたの。初めは寝ぼけているのかと思ったけど、かっと眼を見開いていて、頭だ！　痛い、痛いぞ。イタタタタ。あっ、これはちょっとおかしい。おかしいぞ、って。そう言って寝床に座ったけど、すぐに横倒しになって……。それからは、どんなに呼びかけても反応なしで……」

「それが親父の最後の言葉?」

「うん……」

「そう……」

三人はきよみたちの近くに空いている長椅子へ向かった。駿一は床の一点を見つめて鼻をすりあげているきよみの肩に触れた。顔をあげた妹は、シュン君、どうしよう、と聞く。答えられない。肩を二度、ギュギュっとつまんで放した。靖子がきよみの隣に座って、腕を取った。やっちゃん、という声が漏れた。きよみが靖子の肩に額を押し当てた。あぁー、という嘆声が漏れて、低い嗚咽が続いた。

酸素マスクに覆われて、青ざめピクリとも動かぬ雅恒がストレッチャーに載せられてCTスキャン室から出て来た。駿一たちは父に寄り添って、救急処置室への二十メートルにも満たない移動のあいだ、口々に呼びかけ続けた。すいません、そこでお待ちください、と中年の女性看護師が済まなそうにみんなを制した。雅恒は救急治療室の自動ドアの向こうへ消えた。それから十五分ほどして、五つ並んだ診察室と記されたドアの真ん中が開いた。四十代半ばに見える細面の白衣の男性が、水島さんのご家族の方どうぞ、と招いた。脳神経外科医師の高田です、と名乗った相手は、彼に正対する椅子に座った文子に、パソコンのモニター画面を見るよう促した。高田医師はマウスを操作して、そこに頭蓋の内部が半分近く白くなっている画像を表示した。非常に重症なクモ膜下出血です。お気の毒ですが、この状態ではもう手の施しようがありません――。

「嫌だーっ！」ときよみが叫んだ。

明義に抱かれて眠っていた陽菜が母親の声に驚いて眼を覚まし、切り裂くような泣き声をあげた。無垢の涙は大人たちに伝染した。

水島雅恒――本名・韓琪煥《ハンギファン》は午前十時四十八分、家族が見守るなか、穏やかな表情のまま、息を引き取った。

喪主になった水島駿一は、ねっとり絡みつく午後の蒸し暑さのなか、死亡診断書をＧパンの後ろポケットに突っ込み、葬儀社の寝台車に同乗して実家へ戻った。四半世紀ほど前に鉄くず屋を整理・縮小した父の雅恒は、くず鉄の仕切り場に三階建ての小さなビルを建てて、一階で焼き鳥屋を始めた。住居は二階と三階にあり、三階にきよみ夫婦が住んでいる。葬儀社のふたりと駿一、明義で、仮棺に納めた雅恒の亡骸を二階へあげた。掌と全身に感じた、ドライアイスで冷やされた仮棺の冷たさと重さで、父の死を否応なく実感させられ、全身の汗がすっと躰の奥へ戻った。先に二階へ急いだ女たちが、救急車で搬送されたときのままの寝室を慌ただしく片付けていた。しばらくして文子が、はい、できました、とリビングで待機している男たちに声をかけた。雅恒の亡骸は新しいシーツに替えられた布団に寝かされた。数時間前には生きて眠っていた同じ布団だった。

それから文子もきよみも、雅恒のかたわらから動こうとしなかった。発症して七時間で逝ってしまった夫、父のあまりにも急な死がふたりを呆然とさせていた。ＩＣＵから移った病院の霊安室で、きよみが父の手をさすりながら、逝っちゃうにしたって、せめて一週間ぐらいは、看病したかった、とつぶやいた。そうよ、お父さん、と文子が応じた。家族に迷惑をかけず良い死に方をしたなんて、言われたくないよ、と言葉を継いだ。だから看病がわりに、親父に寄り添う、ということなんだろう。駿一はそう解釈することにした。明日には葬儀場へ移動する。親父が家で過ごす最後の時間を守ってやろう、俺が。それにしても……おふくろときよみの悲嘆は、親父のそばで暮らして来た分だけ、俺よりもずっと深いらしい。それに引き換え、俺は妙に冷めている。働き出してから、近くにアパートを借りてひとり暮らしをした俺と、母娘の哀惜の念は、どこか違う……。嫉妬めいた思いがふと湧いた。いや、とにかく通夜と葬式をやり終える。これが俺の役目。俺の親父への弔い仕事だ。駿一はそう思うことにした。

駿一は靖子と明義をリビングのテーブルへ呼んだ。親父の魂は躰から抜け出たばかりで、まだ亡骸のそばをゆらゆらと漂っているだろうから、おふくろときよみには親父のそばにいてもらって、枕飾りをちゃんとしてもらおうや、とふたりに告げた。うん、魂か……？　駿一は普段は思いも、意識もしない言葉がするりと出てきたことに驚いた。しかし、妻も義弟も神妙にこちらを見ている。突拍子もないことを口走ったわけではないんだ、と得心して、言葉を続けた。でさ、葬儀社との打ち合わせや連絡関係は、俺たちでやろうよ。ふたりは小さく何度もうなずいた。

駿一は、テーブルに固定電話の子機を置いて親戚への連絡に取り掛かった。母のきょうだいたちへの連絡はすぐに済んだ。四人きょうだいの末っ子の文子。彼女のふたりの兄と姉は隣県に健在で、そこへ知らせれば訃報は行き渡ることも確かめた。だが、甥っ子からの久しぶりの電話。その中身が妹婿の突然死の知らせなのだ。誰もが絶句した。なんで、どうして、と聞く。それはそうだろう。俺たちにしても寝耳に水のことだった。通夜はまだ確定ではないですけど、多分、明日夜六時から、葬儀は明後日の午前十一時です。場所は……。詳細はファクスしますから、それを見てください。相手は初めて聞く話だが、こちらは同じ話をくりかえす。ひとり目よりもふたり目、ふたり目よりも三人目と、だんだんと説明は要を得る分、簡略になり、そっけなくなる。むやみに感傷的にならず、淡々と知らせることができた。さて、問題は親父の親戚たちへの連絡だ——。

雅恒は三男六女、九人きょうだいの六番目で次男だった。駿一は父のきょうだい八人のうち、七人はよく知っていた。ただひとり記憶がないまり子伯母は、彼が生まれる遙か前、十七歳で早世していた。彼女は、祖父が、祖母のために、ひいては自身と一族のためにと建てた黒御影石の立派な墓石の横で、それの半分ほどの大きさの墓石の下に眠っている。丘の中腹に開かれた町の墓場に場所が確保できた後、寺に預けていた骨壺を収めるため、その墓石が先に建てられた、ということだった。まり子伯母は、女きょうだいで一番きれいだったと、どのおばさんだったか、いつかの墓参りのときに教えてくれた。あれは、佐智子おばさんだったか？

駿一の記憶は、一族が集うにぎやかな正月の朝鮮式の祭祀《チェサ》で、大人たちがするように額に両手を持っていき、二度額ずく独特の礼をして褒められ、お年玉をたくさんもらったことから始まる。それはいくつぐらいだったのだろう？　幼稚園に通う前だっただろうか、と駿一は、これから父の死を告げねばならぬおじやおばの顔を想い浮かべながら考える。

戦後、放浪をくりかえして家に居つかなかった長男の雅康との折り合いが悪かった祖父は、自分の言いつけをよく守った次男の雅恒を、チェサを司る者とした。

雅恒は長男不在故に、その役割を否応なく受け入れた。駿一が生まれ育った家は、朝鮮から渡ってきた祖父を始祖とする一族の本家だった。一度、同胞女性との結婚に失敗した雅恒は、同じように離婚経験があるひと回り年下の文子と結ばれ、三十九歳で駿一、四十歳できよみを授かった。祖父にとって駿一ときよみは、一番最後に生まれて来た孫だった。なによりも駿一は、やがては水島＝韓家のチェサを司る嫡孫だった。だから祖父から格別の寵愛を受けることになった。

祖母は駿一が生まれる三年前に他界していた。だが、一族の中心である祖父が健在だったときの正月は、おばやおじたちがいとこたちをつれて帰省する。大晦日から三が日までは、元日に行われるチェサとその後の墓参りを中心にして祝祭の雰囲気に包まれていた。お盆のときにもチェサがあるので、遠くの親戚がやって来ていた。おじいちゃんが亡くなったのは、俺が小学二年になってすぐの五月だったか……。駿一はランダムに記憶の井戸から立ちのぼってくる想い出の像を結んでいた。

おじいちゃんの骨壺を、おばあちゃんが眠る「江華《カンファ》　韓氏之墓《ハンシヂミョ》」と刻まれた黒御影石の立派なお墓に収めた秋晴れの日。低い丘の中腹から頂にかけて開かれた墓所の周りで、ススキの穂が風に揺れていた。当時すでに親父は完全に養豚を廃業して、鉄くず屋に専念していた……。

おじいちゃんが亡くなってから、チェサの回数はぐんと減った。おじいちゃんが生きていたときには、正月、おばあちゃんの命日、お盆に加えて、朝鮮で亡くなっているひいおじいちゃんだったか、とにかく朝鮮の親族のものとを、年に何回もやっていた。それがだんだん減って来て、いまは、正月とおばあちゃんとおじいちゃんが亡くなった五月の、二回だけになった。遠方からの親戚もそれぞれの家庭を優先してやってくることは絶え、特養に入る前までは、近くに住んでいた佐智子おばさんが、欠かさずにお酒を持ってきてくれていた。俺は小さいときから、親父の指図にしたがって、チェサの補佐役をした。おふくろたちが前の晩からつくるお供えの料理を飯台に並べるのも男の仕事。北を背にして南に向くように飯台の奥に屏風を立てて、先祖の名前を書いた紙を貼って祭床《チェサン》をつくる。一番奥に丸く山盛りにしたご飯と牛肉のスープ。その手前に牛肉と豚肉の串物、鶏一羽、タコ、タイ、イシモチなどの魚類、肉と鱈、ニラのチヂミが並び、その手前にナムル。さらにその手前に天辺を丸く切り取ったリンゴ、ミカン、お菓子が並ぶ。置く位置は、祭床に向かって魚東肉西の法則、要は右に魚類、左に肉類という並べ方になる。

盃に酒をつぎ、香炉のうえで三度廻して供える。箸をトントンと鳴らして祖先に合図し、お供えのご馳走のうえに何度も置き換える。そして朝鮮式の礼をする。親父がやり、俺がやり、最後に女たちがやる朝鮮の儀式……。そのときだけ、俺のルーツは朝鮮なんだな、と意識した。日本人の靖子も結婚してからずっと料理作りを手伝ってくれた。あいつはチェサの料理のなかでニラのチヂミと牛肉のスープが特にお気に入りだ……。

「チェサは、祖先の霊が生きているときと同じように食事をもてなして孝行する、ということなんだが、もう一歩進んで、親が生きている間にやり切れなかった親孝行を補うという意味がある――」

もう十年以上も前になるか、祖父のチェサのため、偶然に手に入った甘鯛の立派な一夜干しと牛肉の串物を祭床に並べているとき、雅恒が駿一に何気なく言ったことがあった。

「朝鮮は儒教の国というのを聞いたことあるか?」

「うん、何となく」と答えた駿一に父は手を休めることなく話を続けた。

「朝鮮の一番の徳は親孝行なわけ。お前のおじいちゃんは、朝鮮で長男として成人して結婚して子どもがひとりいながら、土地やらを日本人に取られて、喰えないからこちらへ流れて来た。でも、故郷を離れたからって、儒教文化でつくられた人の根本が変わるはずもない。おじいちゃんにとって、ちゃんとチェサするのに理由はない。あまりにも当然のことだから。当然だからこそ大事にしていたわけだ。おまけに、こっちに来てしまったので朝鮮の両親に孝行できなかった、という負い目もあった。親に連なる祖先を大事にすることは、故郷の朝鮮を忘れないということでもあったんだろう。文字を知らなかったおじいちゃんが、自分が入る墓に朝鮮の祖先の出身地と姓を形式通りに刻ませたのも同じ脈絡。まあ、兄貴と親父の反りが合わなかったのは、チェサにも家に戻らないような息子だったから。自分が死んだ後この長男は、チェサをちゃんとしてくれないのではないか、という怖れ。ひいては祖先から自分が受ける怒りへの怖れがあったからじゃなかったかな……」

めったに朝鮮にまつわることを話さなかった父だった。だからこそ、この話を駿一は強く心にとめていた。父は自分に託すものを伝えようとしたのだ、とも感じながら……。

リビングの入口に置いてある電話台に吊るしてあった古い卓上アドレス帳の「常用」のページを開く。達筆だった父の字で、七人のきょうだいらの住所と電話番号が記されているが、四人の名前が定規で引かれたらしい赤い二重線で消されている。駿一は、あっ、と胸を衝かれる。三年前、長寿だった一番上の、みんなから校長先生と呼ばれていた静子おばさんが九十歳で逝った。静子おばさんを消した線はまだ新しい。水島姓のふたりのおじさんを消した線は古い。もうひとり、松村姓の喜美子のおばさんも同じようにずいぶん前に引かれたもののようだった。

そういえば、ふた月ほど前、たまたま実家に寄ったとき、九十歳になった佐智子おばさんが特養を退所した、とおふくろから聞いた。もう口から食物を摂らなくなってしまったので、高栄養の点滴を入れるために病院へ移ったからだ、とのことだった。おばさんが亡くなったという知らせはない。佐智子おばさんは点滴でいまも生きている。あの日、おふくろはおばさんの見舞いに行ってきたのだった。

うん、澄香《すみか》ちゃんと待ち合わせて行ってきたけど……切なかったな、とおふくろは佐智子おばさんの長女の姉さんの名前を出して、声を低めて親父と俺に話した。その部屋は四人部屋なんだけど、佐智子さんと同じような老人ばかり。起きている人がいないのよ。二階のフロア全部がそんな人たちの病室。明るくて、静かで、きれいに整頓されて、空調が適度に効いていて、看護師さんと介護職員さんがかいがいしく働いている……。あそこは、あの人たちが順番にあちらへ行くための病室なんだね。もう、生きての退院はない病棟なわけ。ほら、ずっと前から佐智子さん、私たちのことわからなくなっていたじゃない。けど、いまはもっとそうなのよ。澄香ちゃんが呼びかけても、瞼がかすかに震えるだけ。聞こえているとは思うけど、眼はずっとつぶったまま。手を握って話しかけても、握り返すことはないし……。帰りの車のなかで、佐智子さんはもう生きるのをあきらめたのかな？　って思わず口に出してしまったのね。そしたら澄香ちゃん、ちょっと気色ばんでね、違うんじゃないかしら、もうお母さんは九十歳だから、老化、老衰というのかしら、認知症ともいえるけど、食べるということの記憶がなくなっているらしいんだ、って言うのよ。担当医師も、お腹が空いたという感覚も、食べるという作業も、忘れてしまっているんじゃないか、って話していたんだって。そういうことらしいよ。けど、そうであることは澄香ちゃんにとって、ちょっと救いなのね。あの子も苦しいんだよ。延命治療をしない、というのは、特養に入っていたときからの確認なんだって。ああ延命治療に絡んで、特養から病院へ移るとき、長男の琢磨君が点滴しないという選択はありえますか、って担当医に聞いたんだって。高栄養の点滴は延命治療じゃないか、ということの含みなのね。だけど、佐智子さんにはまばらでおぼろではあっても意識があって、生きているわけでしょ。担当医はこの人たちは何を言っているんだ、っていう眼で一緒にいた澄香ちゃんも見て、これは延命治療ではありません、あなたがたのお母さんは、ちゃんと生きていらっしゃるんです、とぴしゃりと釘をさしたそう。でも、お母さんを病院に任せっきりなのが、やるせない。だからちょっとむっとしたんだろうね。でも、あたしは、佐智子さんが、もういいよ、って、自分の意思でゆっくりあっちへ行こうとしているようにも思えてね……。

その話を聞いたとき親父は、俺がさっちゃんに会うのは葬式のときになるな、と言った。見舞いならぬ見舞いなどしたくない。そんな病棟へは行きたくない、ということだろう。俺も親父と同じように、佐智子おばさんでなくなった佐智子おばさんには会いたくない、といまも思っている……。そうだ、おふくろはこんなことも話していた。

それでね、あのくらいの歳になると、もう血管もボロボロになっているんだって。いまは点滴が入っているからいいけど、点滴の針がなにかの拍子で抜けちゃうとね、次の血管を探せずに、点滴が終わりになってしまうんだって。佐智子さんによくしてくれている看護師さんがね、澄香ちゃんに話してくれたことなんだけど、それでも一週間ぐらいは生きるんだ、って……。

河本佐智子おばさんのアドレスにも、それを消す線はすでに薄く引かれている状態にある。けれど、親父が佐智子おばさんのアドレスに、先行したしるしの消去線を引くことはなくなった。逆に、どこか誰かのアドレス帳に親父の名前と住所、電話番号が書かれているなら、それはここ数日のうちに消されることになる。だけど、どうなんだろう、と駿一は考える。佐智子おばさんみたいな状態と、親父のような急いだ逝き方は、と。三日でも四日でも看病したかった、ときよみは言っていた。澄香姉ちゃんは、もう二か月以上も週に一回面会に通っているという。佐智子おばさんが生きていることを確認するために。希望はない……。確実なのは死だけ。それが早くなるか、遅いのか、ただそれだけを待っている。そこに考えが及んだとき駿一は、はっ、として寝室の方を見た。誰かが背中を通り抜けた気配があった。もしかしたら、いまは思いのままに躰から自由になれる佐智子おばさんの魂？　ドアをあけ放ってある寝室から香の匂いがふわりと漂ってきた。誰かが、なにかが部屋に入ったように……。いや気のせいだ。でも、佐智子おばさんの魂が来たのなら、それは親父にとってうれしいことだろう。駿一はそう思うことにした。

アドレス帳に視線を戻す。水島家の九人きょうだいで、健在なのは下から二番目と末っ子のおばさんたちだけ。彼女らも古希を超えているはず。祖父、水島雅輝に始まった一族の一世は、もちろんもうこの世にいない。それに続いて、親父が属する二世たちもゆっくりと、順番に、ごく自然に、当たり前に、この世から旅立っているのだ、と駿一はしみじみとした。俺は三世で、陽菜は四世。きよみは高齢出産だったたから、ひょっとしたら五世がもう生まれているか……。

昼下がりで電話がつながるか、と思いながら、訃報は早い方がいいと、町の西側の峠を越えた先の小都市に暮らす菊子おばさんの番号をプッシュした。呼び出し音を聞きながら、次にかける、遠くの港湾都市に暮らす陽子おばさんの電話番号を眼で追った。

駿一、靖子、明義が同席した葬儀社との細々とした長い打ち合わせが終わったときには、すでに夕方になっていた。打ち合わせが始まる前、駿一は父の死を知らせる連絡を続けていたが、水島姓のふたりのおじの家族と喜美子おばさんのひとり娘とは連絡がつかなかった。アドレス帳にある電話番号にかけると、水島家の三男の番号には、一族と縁もゆかりもない女性が電話口に出た。他の二軒は、現在使われておりません、という音声ガイダンスが耳に届いた。親のきょうだいが亡くなると、いくら血縁とはいえ、いとこたちとの縁が遠くなる。それは一方的なものではなく、お互いに疎遠にしてきた結果なのだが、こんなときにそれが確かめられると、寂しさがひときわ募った。その思いは、葬儀社との打ち合わせ——柩の値段、亡骸の搬送、祭壇のランク、香典返しとお清めの寿司と酒の量、霊柩車と火葬場へのマイクロバスの費用、僧侶へのお布施など、すべてが金に換算され、その金額に同意するか、しないか、どのグレードにするか、の確認作業だった——にうんざりした駿一の心のなかに重苦しくわだかまることになった。

雅恒の亡骸を安置する寝室からとことこと出て来た陽菜が、お腹空いたー、と明義に駆け寄った。その声で駿一は、朝からなにも食べていないことに気付いた。すると、あわただしさで消されていた空腹が意識された。ああそうだ、と駿一が明義に陽菜のご飯はどうしてた？と聞くと、兄さんが親戚の人らに連絡しているとき、きよみが菓子パンと牛乳をあげていたようです、との答えが返ってきた。おふくろや君らはなにか食べたの？　靖子が、そういえばなにも食べていないわね、と応じた。腹減ってない？　俺は減った、と駿一が言うと、そうね、そういえば、と靖子がキッチンへ向かい、冷蔵庫を開けた。昨日の誕生会の残り物が少しあるけど、なにかつくろうか？　あっ、ご飯がないんですよ、と明義が思い出したように言って、ふたりの会話にけじめをつけた。

明義が買いに走ったほか弁を、缶ビールを開けてみんなで食べ終えると、ほっと和んだ空気がリビングに流れた。食べることは生きていることのしるしなんだな、と駿一がしみじみ言うと、そりゃ、死んだ人は食べられないものね、と文子が応じた。お父さんは食べることが大好きだったのに、かわいそう、と冗談めかして言った。うん、本当に、ときよみが笑顔を見せた。けどさ、ほか弁程度でかわいそう、なんて言われたらお父さんも立つ瀬がないね。ああ、お父さんにもう足はないか——。きよみにいつもの調子が戻ってきた。

陽菜がいつも見ているＮＨＫ教育の「おかあさんといっしょ」が始まる時間だった。テレビをつけると、画面のなかの子どもたちの動きに合わせて陽菜が踊り、歌い始めた。それに呼応して靖子が一緒に歌う。陽菜が振り向いてうれしそうに笑う。おばけなんてないさー、なんて私が子どものときにも歌ってたけど、いまもやってるんだね、と言う靖子。そうか、俺たち子どもが授かれなかったから、靖子は「おかあさんといっしょ」を見ることもなく、今日まで来たんだな——。駿一は胸のうちでつぶやいて、ほろ苦い思いを飲み下した。

俺が親父を見ているから、と駿一は寝室へ向かった。枕飾りにさっき供えたグラスのビール、鶏唐とキムチ、ご飯とインスタントの味噌汁が載っている。線香の煙がこもり過ぎていた。窓を開けて外気を入れる。白布を取って父の顔をしみじみと見入る。卵型の輪郭、大きくはげあがった額の下に少し上がり気味の白髪交じりの眉。ゆるく閉じた眼に大きくて高い鼻。厚い唇と頑丈な顎を覆う白い髯。苦しさは見られない。安らかでよかった。このまま白布はかけないでおこう。湿気で蒸され粘る外気で少し暑くなってきた。窓を閉める。北枕に寝かせてあるので、いまは足元になっているが、雅恒のいつもの枕元の先に文机と小さな本棚がある。古希を超えて俳句を始めたせいか、それに関係する本が多い。俳句にはまったく関心がない駿一に、これがすごく役に立つ、とリビングのテーブルで山本健吉編著の『句歌歳時記』という四冊の文庫本を持たせて開かせたことあった。だから憶えている。その横に、去年やっと本になった部厚い新書の『在日二世の語り』が並んでいた。ここに置いていたのか——。手に取ろうと中腰になったとき、スマホが鳴りだした。発信者は陽子おばさんだった。彼女は水島家の長男、康のおじさんと呼んでいた雅康の店の電話番号を知らせてくれた。

駿一はリビングに戻って早速電話した。ワンコールで、はい焼肉みずしまです、と若い女性の声で応答があった。背後に繁盛する店のざわめきが聞こえる。パートらしい彼女に自分を説明するのに戸惑い、相手側の誰を呼び出すかにも手間取って、ようやく雅康の長男、雅喬の嫁だという亜沙子に父の訃報を伝えることができた。亜沙子は自分を知っていると言ったが、駿一は思い出せなかった。駿一がずいぶん小さいとき、正月に康おじさんと一緒に帰省してきたタカ兄ちゃんに遊んでもらった。その人はいま、X市議会の議長になっていて、今日は首都へ出張している、と亜沙子から聞いた。電話を切って駿一は、そうか康おじさんの葬式に親父と行ったとき、タカ兄ちゃんの嫁さんに会っていたかも知れない、と思いあたった。

駿一は寝室へ戻って『在日二世の語り』をとり出した。この本には在日二世五十人の聞き書きが収録されている。そのなかに韓琪煥―水島雅恒の聞き書きがあった。父を取材して原稿を書いたのは佐智子伯母の三男で、駿一が親しんだ呼び名は義春《よしはる》兄ちゃんだが、本には本名の河義春―ハ・ウィチュンとクレジットされていた。彼はいつのまにか首都へ行っていて、知らないうちに、物書きの端くれになっていた。そういえば、いま水島一族で帰化していないのは、おふくろと静子おばさんの長女の姉さん、佐智子おばさん、義春兄ちゃんだけになるか……。

取材は四年前だった。駿一は直接取材のことは知らなかったが、河義春から確認のために送られてきた取材原稿のコピーを父から渡されていた。確か、原稿の三分の二は自分が生まれる前のことが記されており、三分の一は自分の記憶に残っていることが語られていたはずだ。本が出て、五冊出版社から送られてきたとき、雅恒は、やっと本になったか。長かったな、と言いながらとても喜んでいた。このとき駿一は一冊もらったのだが、父の部分も含めて読んでいなかった。在日ということに興味も関心もなかったからだ。だから父の語りの細部は忘れている。

駿一は「棄ておかれた『就職希望書』」と題された父の聞き書きを読み始めた。もう絶対に話すことのない父の亡骸の前でこれを読む。なんだか遺言状を読むような気がした。親父はまだ生きる気満々だった。そんな人から遺言めいたことなど聞いたことがなかった。だからなおさらに……。

朝鮮から腹違いの弟を頼って日本に来たおじいちゃんは、P町にくるまではずっと土工だった。おばあちゃんが国で食べられないから日本に来たのに、「こんなに苦労するなら、国にいたほうがましだった」と嘆いた。通名の水島雅恒で暮らしたことが語られている。ずっと小さいとき、子ども同士で遊んでいて、なにかあるとチョーセンジンといじめられた。それで自分が朝鮮人だと意識した、と言っている。

俺は面と向かってそんな風に言われたことは一度もなかった。朝鮮・韓国人への差別があること、いま問題になっているヘイトスピーチのことも知っている。だが俺はそんな言葉を投げられたこともないし、差別を受けたことはない。やはり時代なのか？　といって、自分から朝鮮人だと名乗ったこともない。名乗る必要もないと思っていた。水島駿一で生きてきたから、周りの奴は俺が朝鮮人だと知らなかっただけか？

親父は学校へ行くようになると、記憶力が良くて勉強ができたこともあって、教師に陸軍幼年学校へ行けと言われ、「行きます」と答えた軍国少年だったこと。だが小学四年で敗戦、あっというまに野球好きの戦後少年に変身した。朝鮮が解放されたとき、おじいちゃんは国へ帰るつもりだった。しかし、長男の雅康おじさんは、俺は行かない！　と主張した。国に持って行く荷物を全部まとめていたが、家族離散を回避するため帰ることをやめた。もしも親父たちが朝鮮へ帰っていたら、俺はこの世にいなかったに違いない……。

スポーツも勉強もできた親父は、高校卒業時に挫折した。「若いときは結構ひがみっぽくなるな、やっぱり。それで就職は諦めた」と親父は語っている。それから親父は十年ぐらいぶらぶらする。作家になりたかったり、演劇に憧れて東京へ行ったり。九州へ流れたり、家に戻っておじいちゃんの養豚の仕事や艦褸屋の仕事を手伝ったり、手伝わなかったり……。二十七歳のときこのままじゃいけないと考えて、自動車の免許を取って本格的に養豚をやり、やがて鉄くず屋に転業していった。日本人との恋愛もしたが結婚に踏み切れず、おふくろと結ばれて、俺たちが生まれた。

ああ、やっぱり俺は、朝鮮人であることを意識して生きてきたな。いまも勤めるグラフィックデザイン会社の同僚の靖子と付き合い始めて三か月ぐらいだったか？　靖子に初めてキスできたのは、国籍が違うことを告白した後の冬の夜だった。お互い三十に手が届こうとしていた。本気でこいつと一緒になりたいと、意を決して食事に誘った。ファミレスでハンバーグを食べて、それからドライブした。あらかじめ決めていた、P町が一望できるO公園の駐車場に車を停めた。車を降りて柵に躰を預けて街を見下ろした。風が少しあって寒かったけど、そのせいで満天の星と街灯りは、よく瞬き、揺らめいていた。実は言わないといけないことがある、と前置きして、俺はこの町で生まれ育ったけど、国籍は朝鮮だ、と告白した。靖子は驚かなかった。後で聞いたら、もう知っていた、とさらりと言った。不思議なもので、俺は黙っているのに、俺が朝鮮人だと知っている、ということがよくあった。靖子は街灯りを見つめたまま、でもP町で生まれて、ここで育って、日本の学校に通ったんでしょ。なら日本人じゃない、と言った。そして、俺をまっすぐ見た。俺はほっとした。それで救われた。俺たちはごく自然に唇を重ねた。いままで異性の誰かを好きになると朝鮮が邪魔をした。自分で自分を縛っていた。けれど、靖子は俺がいつも考えていることを、先回りして言ってくれた。自分の考えを確かめることができた。それは親父の気持ちとは微妙にずれているのだろうか？

親父は国籍を朝鮮から韓国に変えたことを語っている。おふくろが韓国ドラマにはまって、韓国へ行くためにパスポートを取りたい、と主張したことがきっかけだった。おふくろは何度か韓国へ行っているが、親父は行っていない。国に親戚がいるかどうかわからない、というのが理由らしい。親父と国は完全に切れているということだ。

そして、「子どもたちは帰化してしまっている」と話している。「してしまっている」という言い方が、親父の真情なんだろうか?

靖子の家へ、結婚させてほしい、とお願いに行ったとき、彼女から話を聞いていた両親はとても喜んでいた。行き遅れになると気をもんでいた、とも彼女の父親は言った。ただね、と靖子の父親は表情を改めた。結婚するまでに国籍を変えて欲しい、と。やがて子どもができるだろうが、その子らのことを考えると、日本国籍の方が安心だ、と言葉を繋いだ。靖子の父は、この日本で、日本国民でないために朝鮮人が法的に差別されていることを確かに知っているからそう言ったのだ。それはひいて、善人であることは微塵の疑いもない靖子の父も、国民でない者は差別されても仕方がない、と信じていることの表明に他ならなかった。ああ、そうなんだな、と思いながら、俺はその場で、そのようにします、と即答した。俺には朝鮮籍になんのこだわりもない。靖子の親父さんが言う通り、これからも日本で、P町で生きて行くなら、国籍で差別される条件を外してしまう方がいいと考えてもいた。渡りに船だった。それで、きよみも一緒に帰化申請することにした。うんざりするほど面倒で大変な作業だった。

親父は続けて、俺たちが帰化するとき、おふくろと話し合って、自分たちは「面倒くさいからやめよう。必要ないな」と決めたと語っている。本当に、「面倒くさいから」だけだったのだろうか?

語りの最後に、遺言めいた言葉があった。

「おふくろが死んで、親父が丘の墓場に建てた墓石には『江華　韓氏之墓』と刻んであるが、俺はその墓しか行くところがない。長男は『墓はちゃんと守る』と言っているけどね」

親父はあの墓について、ここでもこんなことを言っていた。

「朝鮮語も日本語も一切読みも、書けもしなかったおじいちゃんが、どこの誰に聞いて来たか知らんが、俺らは朝鮮から来た一族だ、と墓銘に『江華　韓氏之墓』と刻んだんだな」

俺はそれを聞いたとき、「墓はちゃんと守るよ」と親父に言った気がする。俺ははっきり憶えていないが、親父は胸に刻んでいたのだろう。いまにして思えば、この「墓を守る」発言は、深く考えてなされたものではなく、その場の雰囲気で、一般的な美徳をなぞったに過ぎない。そうだ、墓を守る――誰が、ばかなことをするな、と言うだろうか？　その程度のことだっただろう。だが、俺が守る墓は、おじいちゃんに始まる俺たちが朝鮮に根を持つことを消せない事実として墓銘に刻んだ墓なのだ。この墓を守ることは、自分のルーツを認め、確認することなんだろう、これからも……。

親父の人生はひとまずは平凡で平穏なものだった。けれども、平凡さ故の苦しみもあったに違いない。

親父、あんたのチェサもちゃんとするよ。そして俺も靖子も、いずれあの墓に入るよ。子どものために、と帰化して日本人になったけど、結局、靖子と俺には子どもができなかった。だから誰が墓守りをしてくれるかわからないけど……。陽菜がやってくれるかな？　……親父。

墓殺し

X市議会では予算決算委員会を筆頭に各常任委員会からの審査結果の報告が続いていた。委員長からの報告が終わるたびに議長の水島雅喬《まさたか》は、「これより質疑を許します」と議員に発言を求める。するとすかさず、複数の「なし」の合いの手が入る。

「質疑もないようですので、これにて質疑を終結します」

水島は淡々と宣言する。これが五度繰り返された。こうして議会運営委員会の取り決め通り午前の議事が終了した。

昼食休憩を宣言した雅喬は議場から議長室へ戻った。ネクタイを少し緩め、部厚い議案書をデスクに置き、革張りの椅子に深々と身を預ける。ため息に似た大きな息が漏れた。彼は物思いに誘われて、かけていた黒縁眼鏡を外してゆっくり眼を閉じた。

会期二十七日の三月定例市議会もこれでヤマを越えた。これだけみっちり予算決算の審議をする地方議会は全国でも稀だろう。あとは一般会計予算を軸に、医療保険関係と特別会計への総括討論。これを受けての採決を残すだけ。K党の市議団は例によって反対討論をするが、二議席ではどうしようもない。M党の二議席、残り四会派はおしなべて保守で、簡潔な賛成討論がある。問題なし。賛成十八、反対二の採決を五度繰り返す。そしておれは、慣例では一年で交代するところを、異例的に二年つとめた議長の任を解かれるわけだ。これで来年十月の市長選に照準が絞れる。だが、出馬を考えていることは、まだ極秘にしておかなければならない。情勢を見誤ると元も子もなくなる。立候補の表明は早すぎても遅すぎてもいけない。まあ、今年七月の市議選での四選は問題ない。前回のようにトップ当選はできずとも、二位か三位は固いはず。いや、やはり市長選に弾みをつけるためにもトップ当選すべきか。しかし市長選ともなると、市議選の十倍の票がいる。問題は対抗馬だ。だれが出てくるにせよ、地盤がないおれには、投票率が上がれば有利だ。勝算は四分五分か？　いや、五分五分ぐらいはあるだろう。危ない橋かも知れないが、次の市長選はおれが賭ける〈とき〉だという気がする——。

ドアの向こうからマイクのハウリングに似た女の声と、それに応じる下卑た男の高笑いが聞こえた。それは不快な余韻を残してエレベーターホールへと遠ざかっていく。もっと奥へと伸びかけていた思考の触手が、危険物質を感知して一瞬にしてかじかんだ。想いが断ち切られ、引きはがされた彼は、眼鏡をかけ、ドアを透視して相手を睨み、苦々しく舌打ちした。同じ会派の初選女性議員と七選を数える長老議員だ。地下の食堂へいくのか、それとも庁舎外の海鮮料理屋へでもいくのか？　とにかくいつもつるんでいる。市会議員であることだけに満足している俗物。議案書もろくに読まない会派のお荷物。開会を遅らせる遅刻の常習者で、金に汚い風見鶏……。だが、ああした連中にも頭を下げて、取り込まねばならない。最大会派である我が明鏡会を固めることから、〈こと〉が始まる。だが状況によっては、明鏡会は割れるか？ありうるな。相手の薄笑いに媚びる自分の姿が頭の奥にぼんやり浮かび上がる。眉のあたりの痙攣を親指で押さえて、ああ、と彼はひとりごちた。口の中が粘つくように渇く。そうだ——、デスク脇のキャビネットに据えてあるコーヒーメーカーに、開会前に淹れたコーヒーが少し残っている。雅喬はデスクの端に載っていたマグカップを持って立ち上がった。

カップの半分ほどを満たしたコーヒーは、香りが抜けており、渋くて強い苦みを舌に残して胃へと落ちて行った。これも代償か？　熱さの代償は、煮詰まった不味いコーヒー。勝つための代償は、地盤が確かな俗物へのへつらい、か。そう勝つために、だ。で、それで負けたら……。

雅喬は支持者を前に、私の力不足と不徳の致すところです、と敗戦の弁を述べる最悪の状況を幻視して慄いた。その拍子に、ぼんやりと眺めていた広く取られた窓からの風景が彼の意識を刺激して、現実に引き戻した。

八階建ての市庁舎は、港から少し入ったこの地区で一番高い建物だった。市議会フロアは庁舎の最上階に位置する。水島の会派の控室は議長室の半分ほどの広さしかなく、それに比して窓も大きくない。おまけに窓は山側に向いていた。なだらかな丘陵が山地へと連なり、だんだんとせり上がっていく景色も悪くはなかった。しかし、雅喬は海側の眺望を偏愛していた。

会派の手狭な控室に比べると、議長室はさすがに、市長と並ぶもうひとりの市の顔の部屋としての格式を備えている。執務用の重厚な両袖デスクと革張りの椅子。その前にひとり掛けの特注ソファを上座にした大きな応接机が置かれ、両側に脇机を配した三つのソファを配して来客に応対するようになっている。事務用の個人デスクとパソコン、簡単な応接スペースしかない議員控室と議長室の違いは歴然としている。雅喬は議長になることで、より大きな社会的認知を得られ、自分にある種の権威を付与できたことを実感していた。

彼は議長室の主になる前にも、数知れずこの部屋を訪れていた。そのたびに窓からの景色を飽きもせずに眺めたものだった。低い街並みの向こうに定期船が発着する港。漁船がひしめく港は魚市場と隣接している。視線を少し右へ向けると、松林に縁取られた白い砂浜が長く続き、盛り上がった波が白く砕けてリズムを刻んでいた。港湾地区と砂浜の先には、美しい多島海が拡がっている。青年会議所に参加して三年目ぐらいだったか、当時の議長に表敬訪問する機会があり、そのとき初めてこの部屋に入った。この高みからしか見られない景観に魅入られた。もう四半世紀以上も前のことになる。まったく未知であり、無知でもあった政治の世界に足を踏み入れて、面白くなり始めていたころだった。当時の議長室といまの議長室では内装が変わり、什器も更新されているが、景色は何も変わっていない。それは市の停滞を象徴しているのだ、とする声があり、片や水運と漁業で栄えた歴史的な風景こそが財産だ、とする声があった。水島は一概にどちらとも言い切れないと考えていた。しかし、この景観を壊したくない、という思いは強かった。

水島雅喬は窓を開けた。暖房で暖められていた室内の空気を押しのけて、潮の香りを含んだひんやりとした外気が部屋に流れ込んだ。漣《さざなみ》が春の陽光を銀の鱗のように反射している海に、大小の島々が揺らめいて見える。今日は春霞で遠くの島は蜃気楼のような影としか見えない。それでも見惚れてしまう。潮の香り、遠く聞える潮騒、漁船の機関音、定期船の汽笛、それに交じるカモメやトビの鳴き声。ここが、おれの、ふるさと、なのだ。

三百人を収容するQ大学自慢の、国際会議場としても有名な円形階段教室は、すでに七割がたが埋まっていた。だが入場者は途切れない。コンサートなどとは違い、会場設営と参加者の入場は並行していた。「STAFF」を白抜きした萌黄色の腕章をしたスーツ姿の大学職員とラフな服装の学生スタッフらが会場からの発言を拾うための複数のマイクチェックを始め、照明を明滅させてステージの配置の確認などに動きまわる。そんな慌ただしさが開会前の参加者らのざわめきを増幅させているようだった。ステージ袖から「地域が担う民主主義の底力」と書かれた看板が運ばれて宙吊りにされ、あらかじめ降ろされていたパワーポイント用のスクリーンに映るフレームとの高さ合わせをして、位置が決められた。ステージ右端に縦長の演壇が据えられて、最後のマイクチェックが終わった。はい、OKでーす、と遠くで女性の声が聞こえると、黄昏どきほどに落とされていた照明が全開されて、会場は真昼のように明るくなった。

入口に立ってこの様子を見ていた雅喬は、会場を満たしつつある熱気が予想以上なのに驚いた。彼は全国屈指の名門校であるQ大学の地方創生研究所と社会福祉学部が主催するこのシンポジウムに、議会改革のエキスパートだと評価され、発題者として招待されたのだった。発題依頼の企画書には、参加者は地方議会の議員と議会事務局職員ら約百人と、学部と大学院の学生、と案内されていたが、学生とおぼしき参加者の比率が高いようだった。通りがかったスタッフにこのことを確認してみると、本学以外にも広報しており、公務員志望の学生が増加している影響で関心が高いようだ、とのこと。資料代千円を払って参加する学生がこんなに多いのは意外だった。地方議会関係者の会費は一万円だが、遠目にも顔見知りの議員が数人確認でき、年かさのスーツ姿も少なくない。受付で、名刺交換を、と申出られた北陸の市会議員を雅喬は知らなかった。相手は、あなたのブログは毎日チェックしています。こうして会えて光栄です、と上気した顔をして、スマホでツーショットを願い出た。

座席はどんどん埋まっている。雅喬は頭の奥が痺れる感覚に襲われた。それはすぐに背中を通ってつま先へと走る悪寒に変わり、それに驚き興奮しながら、よし、という自分の声を聞いた。これまでも幾度となく、おれが主導したX市議会の改革を視察にくる地方議員らの対応をしてきた。各地で開かれる小規模のシンポジウムやワークショップに招かれて話もしてきた。だが、今回の招待はレベルが違う。首都で全国規模の晴れ舞台に上がるということなのだ。これは市長への道をならす巨大ローラーになるし、セールスポイントになる。彼は腹の底から湧き出してきた会心の笑みを、怒った猿のような表情でかみ殺した。

水島雅喬は指定された控室へ向かった。ひとり部屋とは思っていなかったので、その待遇にまた驚き満足した。ちょうどよかったな、と持参したノートパソコンを開いた。財布に入れているUSBメモリを出して、シンポジウム第一セッション「議会改革」で報告するパワーポイントをチェックする。これまで数知れずやってきたプレゼンだ。新しくつけ加える必要もないし、問題もない。そもそも、うちの議会改革を先進事例と認めたのはQ大地方創生研究所だから、改革理念と積み上げてきた実践を提示すれば責任は果たせる。よし、OKだ。

雅喬はUSBメモリを抜いて、スーツの右ポケットに入れて上から叩き、あることを確認して、右ポケット、と声に出した。昨年夏、九州の中都市に招かれて登壇し、照明を落とす前に謝辞と自己紹介を交えたあいさつをして——さて、と本題に入ろうと手元にセットされているパソコンにUSBメモリを差し込もうと胸に手を入れた。スーツの内ポケットにそれはなかった。ポケットというポケットをまさぐる醜態を演じたあげく、スタッフを控室に走らせると、USBメモリは床に落ちていた。こんな顛末があって以来彼は、入れたつもりで落としやすい内ポケットをやめ、さっきした一連の動作をルーティンとするようになったのだった。

本番を待つだけとなったが、なにかやり残している……？　壁の時計を見る。開会まで三十分。最初に地方創生研究所所長の加川喜弘教授の基調講演があって、それからの登壇だが、その前に発題者の紹介をするので五分前に舞台右袖にスタンバイしてほしい、と受付で告げられていた——あっ、と弾かれたように水島雅喬は立ち上がった。それと同時にドアをノックする音がした。はい、どうぞ、と返事をすると、加川教授が入ってきた。全身の血管が開いて、顔面が紅潮するのがわかった。先を越された！　何事にも如才ない雅喬だった。市会議員、そして市議会議長として参加したり招かれたりする入学式や卒業式、自治会の会合、祭りや行事の開会式、あるいは講演会やセミナーに行ったとき、真っ先にしなければならない主催側トップへのあいさつ。これには細心の注意を払い、怠ったことがなかった。これまで彼は、腰が低く偉ぶらない議員、議長と評価されて、接した者からの好感度を高めてきた。それが議員三期目のトップ当選につながったと自負してもいた。が、今日はやはりどこか浮かれていたのだ。一番しなければならないことを失念していた。

「おはようございます。地創研所長の加川です」

仕立ての良い濃紺のスーツを着こなし、豊かな白髪を真ん中で自然にわけ、まだ黒い口髭の下から歯をのぞかせて右手を差し出した。写真よりもずっと若々しい。だが、年齢は自分より十歳上のはず。雅喬は加川教授に圧倒されながら、こちらからご挨拶にうかがうべきなのに……と語尾を濁して両手で相手の掌を包んだ。

「お会いするのは初めてじゃないですよね？」

「ええ、講演会やセミナーなんかで何度かご挨拶させてもらっていますが、こんなふうにお会いするのは初めてです」

ふたりは改めて名刺を交換した。

「実はね、基調講演でX市の議会改革に詳しく言及するつもりなんですよ。もちろんX市の『あなたの市議会』というHPも熟読しましたし、水島さんの論文や、あなたが中心に起草された議会基本条例や応募された議会改革マニフェストも参照しております。とくにあなたが、議会改革の要は、日本国憲法第九十三条で定められた地方自治の原理である二元代表制を徹底することだ、と主張されていることが重要です。みんながそのことを忘れているんですね。市民が直接選挙で首長と市議を別々に選ぶこの制度で、議会の仕事は、市長と行政を徹底的にチェックすること。とくに予算決算でね。そして地方自治は民主主義の学校で、議員は代理じゃなく市民の代表だとして、議員と有権者の主体意識の強調や、主権者を育成するための女性青年議会の組織化などは、本当に素晴らしいですよ」

「ありがとうございます」

雅喬は、行政が出す予算決算の承認機関に堕していた議会を活性化させた。民間企業では当然の、黒字を伸ばし赤字を削減する決算評価にもとづく予算策定、中期ビジョンで単年度決算審査をおこない、その結果を次年度に議会マニフェストとして予算に反映させる策定サイクルを創造したのだった。これの実現は、同期当選の初選議員らに彼が呼びかけて、超党派の勉強会を積み重ねてきた結果だった。加川教授がこれを特に高く評価していることに雅喬は自信を深めた。

「でもね、論文やHPの記事という血が通わないものより、ご本人がおいでになっているんだから、水島さんから直接取材しようと思いましてね」

「はあ……?」

「議会改革の詳細については、水島さんがお話になるから、重複を避けたい、ということもあるんですが、調べてみるとね、水島さんの前にX市で議会改革に真剣だった人はいないんですよ。でね、あなたの改革へのモチベーションはなんだったのか? つまり、人間・水島雅喬を知りたいと思ったんです。何事もなにかをしようというひとりの人間の意欲と決心から始まりますよ。私は人間の始める力を信じることが大事だと思うんです。基調講演ではそれを強調したい。開会前にずいぶん乱暴なことで、恐縮ですが」

「そうですね……」雅喬は遠い悪夢を思い出したように息をのんだ。加川教授が怪訝な顔でこちらを見ている。「……えっと、それはですね――」

彼はためらいを隠しながら、言葉を繋いだ。


首都からの長い旅を、ローカル線の最終電車で締めくくった雅喬が、X駅の改札を出たのは夜半過ぎだった。街はもう眠りの底にあった。たまに行き交う車のタイヤの擦過音がやけに高く聞こえる。港の岸壁を打つ波の音が濃い潮の香りを伴ってここまで届いている。駅前ロータリーには、最終電車の乗客目当てのタクシーが数台停まっているだけだった。遠方からの出張帰りは、ほとんどこの時間に駅に立つ。いつもの彼なら見慣れた光景と懐かしい街の匂いにほっと安堵する。だが今日は違っていた。ほっとするよりも強く緊張していた。それは加川教授の基調講演の余波だった。

「水島議員は、彼の議会改革を通じて、有権者がちゃんと仕事をする議員を選んで真の主権者になるよう挑発しつづけているんですね。彼は先程私にこう言いました。『市議会は民主主義の学校で、X市議会は地方から国を変えていこうと活動している』と。彼は、地道な活動でX市を変えました。そして他地方にも波及させようと、身銭を切って全国のどこへでも出かけているんです。私は、こんな彼こそが真の愛国者だと思うんです」

〈おれが愛国者? おれが?〉

雅喬の鼓動は胸を突き破るほどに高鳴った。それもつかの間、加川教授は彼の野心を見透かしたかのような一言を放った。

「ここまでの議会改革をした人が、こんどは行政の長を担ってみる。それはひとつの選択肢として、とても魅力的ではないですか?」

シンポジウム後のレセプションで雅喬は、彼と言葉を交わし、名刺交換しようとやってくる議会関係者への応対で、食べることも飲むこともままならなかった。そして雅喬を悩ませたのは、彼らが自分の市長への挑戦のいかんを直截に、あるいは婉曲に聞き出そうとしたことだった。いや、それはありませんよ。まだ議員としてやり残していることがありますから。市会議員選挙が二か月後の七月に迫っていて、私はすでに後援会に出馬表明していますよ——。つかなければならない嘘だが、嘘をつき続けるのはやはり、心と躰がどこか歪む感じがした。それを引きずっての帰郷だった。

最後のタクシーに乗り込んだ雅喬は行き先を告げて、帰路のあいだじゅう反芻してきた思いを、また確かめた。おれは愛国者——加川先生はよいこと言ってくれたが、市長になる選択肢云々の発言は勇み足だった。噂が走り出したら厄介なことになる。すぐにでも火消しに乗り出さないと……。

山側へ十分ほど走ったタクシーは、「炭火焼肉　みずしま」の看板がかかった三階建てのビルの前に止まった。店舗の灯りは消えているが、焼肉の匂いは周りに漂っている。今日も忙しかったようだと雅喬は、てんてこまいしたに違いない母と妻に申し訳なく思った。こうして政治活動ができるのも彼女らのおかげ。だが市長への挑戦は妻にも明かしていない。それがわかったらあいつはなんと言うかな？　店の裏へまわると、厨房の勝手口から残飯バケツを職人の荒井と一緒に外へ運び出す妻の亜沙子にでくわした。

「あら、お帰りなさい。いつも通りね」

「はい、いつも通り最終です」少しおどけて言った。「今日も繁盛だったようで、ありがたいね。おふくろは？」

「もう三階へ上がったよ。すごく疲れたって。予約が五組あって、それがひと段落したら、飛び込みで八人の団体がきてね。結構大変だった。ああ荒井さん、お疲れ様でした。もうあがってください。援軍が到着したんで、後はやりますから」

「そうですか、じゃあお先に失礼します」

荒井は、いつものように白衣のまま駐車場の一番奥に止めてある自分の軽自動車へ向かった。残飯バケツをふたりでごみ置き場へ運び、勝手口に戻ろうと踵を返したとき、妻が思い出したように言った。

「そうだ、P町の駿ちゃんから夕方電話があってね――」

「田舎の駿一？　えっ何年振りだろう。なんの用で？　まさか――」

「そう、そのまさかなのよ」

「じゃあ恒《つね》のおじさん？　悪いなんて聞いてなかったよな」

「脳出血だったって。今朝」

「あーそうか……、親父と一緒だな。おじさんいくつになるかな？」

「八十二だって。昨日はおじさんの誕生日で、夜に家族そろってお祝いしてね、おじさん上機嫌で、飲み過ぎた、って言いながら寝床に入ったんだって。それで明け方、ひどい頭痛で唸りながら眼を覚ましたおじさん自身が、これはおかしいって、おばさんに言ったんだってよ。でも、あっという間に意識を失って、救急車で病院へ運んだけど、手の施しようがないと通告されて……。延命処置はしなかったって。でね、通夜葬儀の詳細は後でファクスするそうよ」

「あっ――！」

妻の声が遠くなった。雅喬の意識は、あの墓石と墓標へ飛んでいた。彼は胃を強打されたような吐き気を感じて、襲ってくる不安に顔をしかめた。

隣のベッドで眠る亜沙子の寝息がすぐに深く、規則的になった。だが雅喬に眠りは訪れない。ぶすぶすと燻る不安の炎に焙られる意識は、彼に寝返りをくりかえさせた。いっそのこと起きてしまうか。いや明日は、九時から改選前の定例議会に向けた全員協議会があって、午後には政務費がからんだ今回の出張報告をきちんと書きあげないと。それから、夜は宇田川先輩と一杯やりながら今後のこと――市長への挑戦についてサシで話し合うことになっている……。眼を閉じてじっとしていよう。出張で躰は鈍く疲れている。とにかく躰を休めないと――。

躰を横向きにし、眼の筋肉を収縮させて固くつぶった。雅喬の眠ろうという思いとは裏腹に、あの日、誰にも言えなかった衝撃の光景が鮮やかに脳裡によみがえってくる。

……そう、あれは確かに立派なお墓だった。低い丘の中腹から頂にかけて墓石が無秩序に立つ墓地のなかでもひと際目立つ黒御影石で、他の墓石より一回り大きかった。南に向いた墓石の表には、大きくこう刻んであった。

「江華　韓氏之墓」

中気を患っていたおばあちゃんが亡くなって一年後、おじいちゃんが建てた墓だった。東面にはおばあちゃんの戒名と、俗名として朝鮮名があって――なんという名前だったかな？　続けて「通名　水島徳子」とあった。北に向く裏面には細く「昭和四十八年四月建之　韓在雲通名　水島雅輝」とあった。おれは、おばあちゃんの遺骨を納めた、気持ちよく晴れた五月の日を忘れられない。なぜかって？　おれは水島雅喬で、この町で豚を飼ってずっと暮らしてきた水島雅輝さんの長男——俺の親父——雅康の長男だ、ということは、町内中、学校中が知っていた。おれがチョーセンジンだという事実が、石に刻まれてしまったんだから……。五年後、おじいちゃんが逝き、おじいちゃんの骨壺もその墓におさめられた。

おれが三十のとき親父は脳溢血で倒れて寝たきりになった。県庁所在地で自動車販売の営業関係の仕事をしていたおれは、嫌でも家業を継がなければならなくなった。ほとんど植物状態で一年半生きた末に、あの世へ先行した親父の骨は、もちろん、生まれ故郷のその墓には入らず、X市営霊園の「水島家之墓」と刻んだ墓石の下にある。その霊園から多島海は見えないのが残念だが、やがておれはその墓に入ることになる。

P町は親父の生まれ故郷で、山あいから平野が広がり始める地勢の町。その風景は単調で好きになれなかった。おれはその町生まれじゃない。だが、そこで十歳から三年暮らした。おれが生まれた街は、京阪沿線の中規模都市で、ガラの悪い、嫌な街だった。朝鮮人の密集地に住んでいたから、なにかあるとチョン、チョンコ、チョーセンジンと罵られた。

ああ、おれはいま誰に話してるんだ？　まあいい……。

親父は戦争に行き遅れた皇国少年で、あと一年戦争が長引いていたら志願少年兵としてどこかの戦場で死んでたかもな、といつかポツリと言った。世の中ががらりとひっくり返り、すべてが信じられない。だが「自由」になった親父は、ふらふらと放浪した。そして喰えなくなると実家へ戻る。そんな繰り返しで、おじいちゃんとの仲は険悪だったそうだ。それは、ほんのいっとき同居した暮らしのなかで、悲しいほどに実感した。

親父の何度目かで最後の放浪は、大阪のパチンコ屋をねぐらにするものだったという。ひょんなことで、X市から山間へ分け入った村から大阪に出て、紡績工場で働いていたおふくろと出会って所帯をもった。おふくろも「純血」の朝鮮人だった。そしておれが生まれ、三年後に妹が生まれた。もうふらふらできない、と親父は建設会社に入り、おふくろは遠い親戚のつてで、市内の焼肉屋の厨房で働いた。そんななかで親父がバイクで出勤途中に交通事故に遭った。弱気になった親父は、実家へ身を寄せることにした。嫌な街から引っ越せることをおれは喜んだ。

養豚の仕事は、そのときまだ独身だった親父の弟、水島雅恒――恒のおじさんが仕切り、親父は残飯集めや豚小屋の掃除なんかの補助作業をした。やさしい恒のおじさんは、兄である親父との仕事がやりにくそうに見えた。おふくろは家事とタイル貼りのバイトをした。だが、諍いの絶えない同居は三か月で破たんした。もともと養豚を嫌っていた親父は、閉店していた住宅兼飲み屋を借りて、自分で焼肉屋に改装して「関西風焼肉　みずしま」をおふくろにやらせた。養豚関係者のつてを使って、上質の肉を仕入れるルートも開拓した。料理上手のおふくろの味と、親父が仕入れてくる質のいい肉とホルモンの店は繁盛した。だが、P町の規模ではこれ以上伸びようがないと踏んだ親父は、おふくろの実家に近いX市にいい物件がある、と母方の親戚の連絡を受け、そこで商売することを決めたのだった。こうしてX市がおれのふるさとになった。

不安か？　不安は消えないよ。

ところで、おれの話を聞いているあんたは、誰だ？　まあ、いい……。

親父はX市に引っ越すと、「炭火焼肉　みずしま」の開店準備と並行して帰化手続きに奔走した。お前の指紋が取られる前に、と言っていた。当時は、満十四歳になる前に、外国人登録証明書の交付を受けなければならなかった。そのためには、登録原票と緑色の表紙の小さな手帳の外国人登録証明書に写真を貼り、その下に左手人差し指の指紋を押さなければならなかったのだ。だが引っ越したばかりで、おまけに商売もまだ軌道に乗っていない段階での帰化申請は難航を極めたようだ。結局おれは、十四歳の誕生日前日の冷たい風が吹く日、学校を早退して市役所へいった。早退の理由を担任にこっそり告げると、相手は重大な秘密を共有するかのように、わかった、と低く、短く言った。あまりに芝居がかったその態度に鼻白んだ。じゃあ、担任がどう対応してくれたら、おれの気が休まったのだろうか、と後々考えた。どんな対応であろうと、傷ついたに違いない。この痛みと苦しみは、そうする必要のない人間にはわからない。そうする必要のない人間の「善意」の言葉にも、態度にも、おれは、おれたちは、言葉にならない憤りと虚しさ抱く。とにかくおれは、市役所一階の外国人登録課で、左手人差し指をぐるりと回して二回、黒々と指紋を押捺した。その一年後、家族そろって帰化が許可されたから、それが最初で最後の指紋押捺だったのだが、その屈辱は決して消せない、いまも。

おれの不安は、ここに極まった。学校のゴンタや喧嘩相手じゃなく、国が、役所が、背広にネクタイの市役所の職員をして、たかだか十四歳のガキを犯罪者扱いして指紋を取るんだから……。日本で生まれ育って、日本人と同じ顔をしていて、近所の子どもらと同じように公立学校に通って、日本語が母語で、日本語しか話せないおれ。なあ、このおれは、どこからどう見ても日本人じゃないのか？　どうしておれを日本人と認めてくれないんだ！　間違いなく、この日本で生きて、暮らして、死んでいくのに。

もの心ついたときから感づいていた。だが、多感過ぎる十四歳で〈自分は差別される存在なんだ〉と、自分で自分の人差し指に墨をつけて烙印を押して思い知るのは、とても辛いことだった。けれども、君の預かり知らぬところでつくられた、君を排除するルールにしたがう義務はないんだよ、とは誰も教えてくれなかった。抵抗することも、暴れることもできない、去勢された駄犬だった。

晴れて日本人になった後も、おれの不安は消えない。朝鮮人—韓国人だったという出自は、徹底的に伏せなければならない。なぜなら、日本では、朝鮮人—韓国人に生まれた「罪」でおれたちを罰することを日本人は、なんのためらいもなく、無意識にやってきたし、いまもやっているからだ。だから、おれのような者は、その「罪」を自分で罰した。おじいちゃん、おばあちゃん、両親、恒のおじさんを憎み、そして自分を嫌悪することで……。幼いころの記憶を殺すだけでは足りない。その記憶を憎悪しなければならない。いまの自分と、過去の自分が違うように自己を提示しなければならない。だから、だったのか。差別される存在だった過去の自分とは異なる存在の証しが、選挙で選ばれ、議員になることだったんだ、な。そして、議長になった。次は、市長、やがては……。

おれの話を聞いている、お前は誰なんだ？　まあ、いい……。

だからおれはV社のDが大嫌いだ。帰化していながら奴が本名を名のったのは、辛い思いをしている在日の若者に希望を与えるためだ、とテレビのインタビューで話していた。いろんなハンディキャップがあったとしても出自を堂々と示してやれるという事例を示したい。それで希望を得る若者がひとりでも百人でも出れば、それは「差別反対」のプラカードを出すより百万倍効果がある、だとさ。余計なお世話だよ。日本で生きるなら、日本人である方が楽だし、法律的にも有利じゃないか。出自を明かして得することなんてなにもないのが現実だ。それにDは出自を誇りに思っているわけでもないじゃないか！

朝鮮学校もそれと同じだよ。民族の誇りがなんになる。それで楽に幸せに生きられるのか？日本の学校は在日の子どもたちに門戸を開放しているんだ。文科省が朝鮮学校への補助金交付に留意せよ、と通達を出したのを受けて、おれはX市議会として「拉致問題の解決を怠り、核・ミサイル開発をする北朝鮮と密接な関係を持っている朝鮮総聯の影響をうけている朝鮮学校に補助金を交付すべきではない」との意見書を採択して、県知事に提出するのを主導した。
おれは間違っているか？　お前はどう思う？　おれは、おれがされたことを、朝鮮学校の生徒たちにやっているって？　外国人登録の指紋押捺とこの問題は全然違うぞ！　違う！　違う！　違う！

まあ、いい。まあ、いいよ。おれの不安は、あんたがたに押しつけられたものなんだから、不安の理由をあんたがたに説明する責任は、おれにはないはずだ。それを苦しんでいるおれに求めるのは、あまりに酷じゃないか——。

雅喬は、眠っていたのか、眠らずにいたのか、判然としないまま眼をさました。七時半。夢を見たのは確実だが、それは灰褐色にかすんでいた。深い水底に存在し続けた壺が、引き上げられて空気にふれるやいなや崩壊してしまうように、彼が見た夢も霧散してしまっていた。だが、なにか後悔めいたものが、雅喬の胸にわだかまっていた。彼は悪事を働いた後のような後味の悪い気分で起き上がった。

亜沙子はまだ深い眠りのなかだ。家にいるときは朝食をつくって妻を起こす。キッチンへいこう。寝室のドアを出たとき、〈痕跡を消すべきだ〉、という声が頭の奥から聞こえてきた。もうずっと前から、そう、微かに聞こえていたように……。恒のおじさんの家の番号は登録していたかな？　スマホをチェックする。あった。水島雅恒をタップする。呼び出し音。まだ、早いか――。

「ああ、シュン？　おれ、タカ。うん、久しぶり。恒のおじさん、突然だったな。ああ、嫁からいろいろ聞いたよ。大変だったな……。でさ、シュン、あのお墓なんだけど、もうみんな日本に帰化してるし、どうかな、って思うんだけどさ――」

「どうかなって、どういうこと？」

「うん……。この機会に〈水島家之墓〉っていう風に建て直したらどうかな、って思って……。金はおれが――」

あの瞬間までは息をして体温を保っていた母は、いまは亡骸となって文机に向かうわたしの傍らにいる。少し前までは、集中ケア病棟の個室にいて、点滴で命をつなぎながら、生きている証のような茶色の細長い便を排泄していた。

まだ意識があったとき、母は担当の中尾先生に、微笑みながら言った。

「先生、ちびっーとでええで、おいしいお酒を飲ませてよ」

酒好きがたたって脳溢血で病をえた。最初の発作で入院。自宅介護になってからは、ほんの少しだけ極上のお酒を飲む、というスタイルになった。先生は苦笑しながら、少しおどけて応じた。

「ちょっとだけにしとってよ。ほんでねぇ、院長には内緒やでね」

思いがけず許しが出たので、ちょうど居合わせた姉の長男を酒屋へ向かわせた。あれば純米大吟醸の闇鳴秋水《やみなりしゅうすい》、なければとにかく純米吟醸で、と言い含めて……。長男は幸いにも、母お気に入りの闇鳴秋水を持ち帰った。四合瓶からストローボトルへ移すとき、個室に馥郁《ふくいく》たる酒の香りが漂った。ボトルを母の口元へ運ぶ。幼子のようにストローをくわえた母は、静かに眼を閉じた。淡い飴色の液体が、ためらいがちにストローを登っていく。ああ、やっと唇に届いた、と思ったせつな、酒はすっとストローを逆流して、まるで心電図が脈動を止めたみたいに、ボトルのなかに水平の線をひいた。

母は恥じらいを含んだ笑顔から、その頃はもう錆びていた低い声をもらした。こうして最後の晩酌がすんだ。

「ああ、おいしい」

いまになって、あの光景の意味を悟る。母は、医師とわたしたちを試して、余命をはかったのだ。恢復の見込みがあるのなら、酒など許されるはずがない。秘めやかで、したたかで、母らしい周到な罠。中尾先生はそれにかかって、はからずも余命宣告をしてしまったのだった。それに気づかず、「よかったね」などと言った娘や孫たち。あの聡明な母は、心のなかでやれやれとあきれ顔をつくったに違いない。だから飲みも、舐めもしなかった。わたしたちへの、巧妙で、厳しい抗議として。それでも、闇鳴秋水の香りが母を慰めただろう、とわたしは思いたい……。

意識がまばらになってからの、後世《ごせ》への旅支度は、いそいそとあっさりしたものだった。ずっと眼をとじていた。表情は穏やかで、ときたま喉の奥のほうで歌っていた。眠っているときには、気持ちよさげにいびきもかいていた。二年前に夫を亡くした姉は、義兄が痛みにさいなまれて、モルヒネによる混濁のなかで逝ったことを、いまも辛く記憶している。

「痛くないのがありがたいよ……」

わたしは、姉や甥っ子たちの苦しい看病の日々を想い、姉の言葉をそのまま素直に受け取って、深くうなずいた。

夜明け前に息をひきとった母を、互助会に手配しておいたとおり自宅に移して、居間に寝かせた。

享年八十七。よく頑張ったなぁ、お母さん。臨終とともに押し寄せた津波のような悲しみがゆっくりと引き始めたとき、母がわたしを十九で産んだことに思い至った。わたしはこれからひとり。あと十九年も生きられない、きっと……。

ふと気づくと、あわただしく出入りしていた人たちがいない。そういえばさっき、姉がちょっと家へ戻る、と言っていた。義母《シオモニ》のご飯を用意せなあかんもんで。うん、こっちは大丈夫やで、と応じた記憶がふわりと舞い戻る。わたしは母を送る栞文を書いていたが、あれこれ思い惑って、動かなくなってしまったペンをおいて、母の方へ向き直った。

生前使っていた掛けぶとん。薄黄の地に、紅色の撫子、白と濃い赤味の菊が組み合わされている。そのふくらみは、母がいるとは思えないほど低く、凍りついたように静止している。身体から命と魂が抜け去る。それは微かにさえも動かないこと。命とは動きなのだ、と悲嘆のうちに思い知らされる。……では魂はどこへ行ったのだろう? まだこの亡骸のそばから離れていないのかしら……。

枕飾りの線香が燃えつきかけていた。新しい香のためにライターをつけると、炎の煌《きらめ》きは思いのほか強く眼を刺した。部屋には昨晩から降り続く五月雨の、昼さがりに濃さをました淡い藤色の暗みが忍びこんできていた。雨脚はますます強くなっている。庭木を叩く雨音がはっきりと聞こえた。

香炉に香を立てようと少しかがむと、ふとんの端の白布が間近になった。白布に隠された母の顔は、命が宿っていたときよりも美しかった。それがわたしを不安にさせる。

当直医の死亡診断が終わって、霊安室でわたしと姉、駆けつけてくれた文子おばさんで清めをした。

「姉ちゃんにお化粧したるの、こんで最後やね、恵ちゃん」

おばさんが、ずぶ濡れた声で言った。自宅で介護していた日々の決まりごと。母への薄化粧。それをわたしは念入りにほどこした。石膏のように冷たくなってもう動かぬ母への化粧は、これ迄で一番たやすく、とてもきれいに仕上がった。けれど、母が美しくなったのは、うまく化粧できたからというわけじゃない。

ペンをとる前、まだ部屋は明るかった。あれこれ悩みながら会葬の栞の文章の大筋を決めた。書きだす決心のために、白布をめくって母の顔をしみじみとながめた。そばにいた姉も母の顔をのぞき込んだ。

「お母さん、だんだんきれいになってきとるね」

「お姉ちゃんもそう思う――」

姉への言葉がつまった喉もとでせき止められて宙づりになった。やっぱり母は苦しかったのだ。脳溢血で右半身が麻痺して二十五年。不自由さのなかで、もどかしさのとりこになっていたのだろう。苦艱《くかん》が抜け去って、母は本来の姿にもどったのだ。ならば、わたしは母をちゃんと介護できていなかったのだろうか？

玄関チャイムが鳴った。暗闇に光を探す物思いが中断された。三村さん、みえるかね、と低い張りのある声が続いた。迷わず玄関に入って来た声の主は、居間の引き戸から顔をのぞかせた。濃紺の背広の肩をひどく濡らした葬祭場長の片山だった。

「原稿はできたかね？」

彼はわたしが互助会に勤めだして五年目に新人として入社してきた。きびきびと働き、自分で考えて解決しようとする姿勢に好感を持った。何かと教えて面倒を見た。彼もわたしを頼りにした。わたしが暮らす地区の葬祭場長になった片山が、自ら進んで母の葬儀全般を取り仕切ってくれていた。

「雨がひどそうやね。このタオル使って。ほんでね片山君、原稿まだやの。ほとんどできとるんやけど、もう少しだけ……。何時ごろまでやったら間に合う？」

片山はさっと顔を曇らせたが、すぐに笑顔をつくったのがわかった。事情がわかるわたしには申し訳なさがさらに募った。

「ほうやね、通夜から配るもんやで、あと一時間後にはもらえんと印刷に間にあわんよ」

惑いに決着をつける、いいきっかけだ。その時間までには必ず、と答えると、別の者を取りに寄こすから、と言い残して彼は葬祭場へ帰って行った。

母が半身不随になると、介護のために定時勤務の会社勤めが難しくなった。そこで知人を介して時間の融通がきく互助会に転職した。

互助会で会員の勧誘と営業と呼ばれる冠婚葬祭の手伝いで成績を上げた。きめ細かく仕事をすると、会員が知人を紹介してくれたりして堅実な実績になった。そんななかで、香典返しにつける喪主の言葉をありきたりの形式ではなく、故人を偲んで、喪主と親族の思いを伝える四百字程度の文章を栞にするようにした。それが口コミで評判になり、わたしは代理店から本社付きに抜擢された。

書くこととはほぼ無縁に暮らすほとんどの遺族にとって、たかが四百字でも、文章をつくるのは難題だった。わたしは喪主らの話を聞き、故人の記憶を言葉にする手助けをした。ちょっとした助言が、故人の姿を精彩あるものにして、遺族に感謝された。そんなふうに他家の文章をまとめる手伝いが、いつか必ず訪れる母を送る栞文を書く自分の姿に重なった。

白布の下にある母の顔を思いながら、栞の文章を呼び起こす。大要に問題はない。母を短く、そして的確に表現できているように思う。けれど、ただ一句、その一句をどちらにすべきか惑っていた。それは地名。ひとつは二文字、もうひとつは三文字。それを交互に思い浮かべる。

でも答えは最初から出ている。三文字の地名にしようと……。それでもなお、決めてしまうことが心の奥底で、ためらわれる。

「そんでええよ、恵ちゃん……」

遅い午後だった。ケア病棟の個室に入ると、やけに明瞭な母の声。駆け寄り枕もとへ顔を寄せた。凪のない湖水のように眠っている。

「お母さん、何がええの？」

規則的な寝息だけが耳に届く。かすかな命の揺らめきとともに見ている夢の言葉。わたしはそれを温かい木漏れ日のように受けとった。それが母から聞く最後の言葉だった。

「そんでええよ、恵ちゃん……」

あのときの声がよみがえる。

「お母さん、そうするよ」

「そんでええよ、恵ちゃん。あんたのええようにしやあ。恵ちゃんが生きやすいようにしたら、そんでええよ……」

母は介護するわたしにいつも、そんでええよ、と言った。けれどそれは、わたしが母の意をくんで、回り道も、先回りもして、そうなるようにしてきたからだった。胸の奥から痛く苦い味が滲みだしてきた。わたしは、文机にむき直って、空白の部分に、ためらっていた三文字を書き入れた。

翌日の午前、わたしたちは葬祭場の親族控室にいた。雨は降り続いている。母の亡き骸は、昨日とおなじように傍らにあり、納棺を待っていた。片山ができあがった会葬の栞をもってきた。出来栄えを確かめ、もう一度文章を読んでから姉にわたした。

《お気に入りの絵はゴッホの〈ひまわり〉。歌は美空ひばりの〈真赤な太陽〉。どんなときも明るく、ポジティブな母でした。

母が三十代のときに父が他界し、それからはわたしたち姉妹を女手ひとつで育ててくれました。仕事と子育てを両立させ、様々な苦労もあったことでしょう。それでも、笑顔を絶やさず、前向きに頑張っていた母の姿ばかりが胸によみがえります。愚痴を言わず、いつも感謝の気持ちを忘れなかった母。そんな母を介護していたはずなのですが、わたし自身が支えられていたように感じています。

最近の母は、わたしがラジオで録音した五木寛之先生の「わが人生の歌がたり」を聞くのを楽しみにしていました。自身の人生を振り返っていたのかもしれません。母は言葉ではなく、身をもってたくさんのことを教えてくれました。そしてこれからも、その教えがわたしたちを導いてくれることでしょう。

亡母　三村初子のあゆみ

一九二五年（大正十四年）四月二十四日　川上家の最初の子ども、三男六女の長女として富山県に生まれる

一九四二年（昭和十七年）三村家次男・一夫と結婚
一九四三年（昭和十八年）長女・君子誕生
一九四四年（昭和十九年）次女・恵子誕生
二〇一一年（平成二十三年）五月九日逝去　享年八十七歳
戒名　釈尼香初》
わたしは栞のカットとして、介護ベッド脇の整理たんすの上に、母の視線の高さに貼ったゴッホ美術館所蔵の〈ひまわり〉のポスターを背景に、愛聴していた美空ひばりのカセットを三本配置した写真をつけた。
「ええ文章やね。この写真もあんたとお母さんの暮らしぶりが見えるようやわ。せっかくの〈ひまわり〉が、白黒なのがちょっと惜しいね」
「お姉ちゃん、こんでええんよね？」
「ええんやない。あんたがお母さんの面倒を看たんやし、喪主なんやから」
通夜は型どおりに進む。母の弟妹で、存命の四人のうち、三人が参列した。八十四歳の次女・芳子おばさんには、彼女の子らの判断で、母の死を伝えていなかった。東京や神戸から妹や孫、甥っ子たちがやってきた。東京の従弟が、三月の震災当時の恐怖や、計画停電でこうむった不便、原発事故の放射能汚染が身近に及んでいることを話して、ひととき控室の話題の中心になった。近所の人の参列が多くてイスが追加された。これに神戸の叔母が驚きをもらした。

「恵ちゃんはご近所づきあいを本当に大事にしとるもん」姉が説明してくれた。

読経と焼香が終わった。次はわたしの番だ。仕事柄、千を下らないほどにも見てきた喪主の謝辞。けれど唯一無二、わたしはこれから、それを言わなければならない。栞の内容を短く、と準備をしていた。司会の片山が促している。言葉をまさぐり、立ちあがろうとしたとき、眼の前が輝く黄色に満たされた。ゴッホの〈ひまわり〉？　絵のなかに母が見えた。と、黄色が盛り上がり、剥がれ落ちると無数の蝶になって、わたしの頬をなでながら天へ昇って行く——。

「お母さん、お母さん、お母さん……行ったらあかん……」

意識が戻ったのは、控室のふとんのなかだった。首をめぐらすと、姉の背中が見えた。お姉ちゃん……。呼んだつもりだったが、自分の耳には、はあぁ、というため息に聞こえた。姉が振り向く。ああ、恵ちゃん、気がついたの。大丈夫?

司会の呼びかけと同時に低い声を発したわたしは、腰が脱臼したように立ちあがれず、身体が傾くと、眼差しを虚空に彷徨わせて、「お母さん、お母さん」と、うわ言をくり返したという。親族と会場の嗚咽が高まり、姉と叔母たちが、横から後ろから、わたしを抱きすくめた。喪主の謝辞は省略された。

身体を起こすと、秀のおじさんが憂い顔で傍らにきた。

「恵子、明日の喪主のあいさつな、おれがやったるわ」

安堵した。今日のようにならない自信がなかった。わたしは、告別式での叔父のあいさつを、涙のなかで心に刻んだ。

《本日は姉初子の葬儀においでくださり心からお礼申しあげます。姉は、女の大厄といわれる三十三で夫を亡くしました。いろいろあった再婚話をきっぱりと断り、女の子ふたりをそれこそ必死に育ててきました。子育てが終わり、孫たちにも恵まれ、これからはゆっくりと余生を楽しもうという矢先の六十一のとき、大病を患い、それから二十五年、長い闘病生活を送ってきました。

そんな厳しい人生を送ってきた姉ちゃんに、わたしは聞いてみたいと思いました。

「なあ、姉ちゃん。あんたの人生はどうやった」

すると姉はきっと、こう答えると思います。

「どえりゃあ不幸な人生でもなかったけど、そうええ人生でもなかったかも知れんねぇ。ほんでも、ちゃんと生きてきたんやないかなぁ。恵ちゃん、今日まで本当にありがとう」と――。

みなさん、本日はありがとうございました。》

母が重篤になる前の春先、香代ちゃんが芳子おばさんを家につれてきた。みんなでホームカラオケをやった。おばさんも母も美空ひばりの大ファンで、「真赤な太陽」と「川の流れのように」を競演した。おばさんはその日、とくに元気で、十八番であるバーブ佐竹の「女心の唄」や東京ロマンチカの「君は心の妻だから」を続けざまに歌い、最後はひばりの「みだれ髪」の高音部、「塩屋の岬」を巧みな裏声で歌唱し、母をとても喜ばせた。

「姉ちゃん、また来るでね。それまで元気でおらなあかんよ」

「うんうん、よっちゃん、あんたも元気でね。またカラオケやろね」

これが姉妹で交わした最後の会話だった。

空梅雨だと言われていたのに、大雨が降り続き、台風がいくつもきた。そんな落ち着かない日々がいつしか、猛暑と熱中症で表現されるようになった。そのころ、従妹の香代ちゃんから、彼女の母、芳子おばさんが、特別養護老人ホームに入所した、との電話を受けた。生活の場を移したおばさんに会いたい気持ちがつのった。

芳子おばさんは、石田のおっちゃんが亡くなったあとも、〈丘の家〉で、ひとり暮らした。香代ちゃんによると、おっちゃんの認知症が進むなか、いやでも夫のために家事をせねばならず、それが生活の芯になっていた。だけど、おっちゃんが逝ってひとりになると、自分のために何かをする気力を徐々に失くしていったという。それは、わたしの近未来なのかも知れない。その予感が怖い。芳子おばさんの、何日もテレビの声だけを聴く、だれとも話さぬ日々の折り重なりが、ゆるやかに記憶を朧《おぼろ》にしていったらしい。香代ちゃんの手配でヘルパーさんが入るようになった。芳子おばさんは、香代ちゃんに何も求めないという。すべてを受けいれる。なんでも「ええよ、ええよ」と言うそうだ。それを香代ちゃんは、苦しげにありがたがっていた。特養への入所も笑顔で快諾したという。

「わたしを思って、やなかったかなぁ」

香代ちゃんが電話口で涙ぐんだ。それに引きかえ母は、お風呂の介護以外のヘルパーを最後までかたく拒んだ。

「恵ちゃんがおるのに、なんで頼まなあかんの?」

傲然と放たれた言葉が、魔法の縄のようにわたしの全身をとらえ、心を締めあげた。賢く、誇り高かったお母さん。わたしを、負けるな、負けるなと応援しながら、せきたてたお母さん……。

香代ちゃんが運転する車の助手席から空を見る。深い青緑色の空と、黒緑の厚い雲が場所の取り合いをしている。炎熱の陽光が気まぐれに道路を白く光らせ、雲が蒼くあたりを陰らせたりしていた。子どものころ住んでいたK町にはいると、香代ちゃんが、夕立が来そうやね、と言った。それに軽くうなずいていると、車はすうっと短いトンネルの闇に同化した。

「恵子姉ちゃん、おじいちゃんのトンネルやよ」

「ああ、本当や。昔はなかった道ばっか通ってきたもんで、ここに出るとは思わなんだ」

このトンネルは、母方の祖父が飯場を営んでいたときに掘ったトンネルだった。トンネルを抜けて丘の反対側に出ると、風景はいっぺんに里山のものになった。幅の狭い、両側に夏草が生い茂るアスファルト舗装された道を進む。特別養護老人ホーム〈杜の広場〉は、市街と里山を仕切っている丘の縁に建っていた。

面会の手続きをしてエレベーターで二階へ上がる。入所者の「逃走」防止のため、エレベーターのボタンは長押ししなければならない。二階の居住区域の入口も施錠してあり、内側からも鍵は、テンキーを押さなければ解除できないようになっていた。綺麗に整頓された広いホールの中央に大きなテーブルが置かれ、壁には薄型の大画面テレビが掛かっている。消毒の臭いと糞尿の臭いが危うい均衡をたもっている感じ。芳子おばさんはテレビ正面のイスにすわっていた。テーブルには四人の老女がいたが、ひとりは絶えず独語しており、テレビの時代劇の内容を追っているのは、おばさん以外にいないことは、遠眼にもはっきりわかった。

「おばさん来たよ」

わたしのかなり大きな声に反応したのも、芳子おばさんだけだった。はっとした表情が、わたしと香代ちゃんを認めて、花が咲いたような笑顔になった。

「あれ、あんた恵ちゃんか。まあ、こんなとこまで、ようきてくれたなぁ」

香代ちゃんにうながされて、〈二丁目一番地　石田芳子〉という表札がかかった居室に入った。八畳ほどの広さの部屋に置かれた介護ベッドにおばさんが座り、ホールから借りてきた丸イスにわたしと香代ちゃんが掛けた。

「姉ちゃん逝ったんやなぁ。葬式やらが全部終わってから香代ちゃんに教えてもらったけんど、最後にカラオケやれてよかったわ。ほんとに恵ちゃん、長いあいだ、ごくろうさんやったね。あんたのお母さんは、学校のテストはいつも百点。わひ（わたし）は零点ばっかで身体も弱かった。ほやで、みんなにようういじめられたけど、姉ちゃんがいつもかばってくれたなぁ。なんでもかんでもようできて、しっかりしとって、あだ名が校長先生やったもん。姉ちゃんは、ほんとになんでもようできた……」

記憶の泉があふれだすようにおばさんは話した。彼女の言葉で呼びだされた母との過去が、わたしにも襲ってくる。

眼の奥を刺してあふれ出そうな涙をこらえて、葬儀の様子を伝える。おばさんは、話の端々で、葬儀に出られなかった詫びを言う。そのたびわたしは、仕方のないことだ、となぐさめる。それを繰り返すうちに、堰が破れてしまった。お母さんの魂は、火葬場の煙突から放出された亡骸の原子とともに、もう天に昇ってしまった。わたしはおきざりにされた。その悲しみが涙を呼び、母の記憶が血を流しつづけた。おばさんも声をあげて泣く。

「お母ちゃん、ちょっと、もう泣かんとってよ、ね。これね、恵子姉ちゃんが書いた会葬の栞やけど、ええ文章やで、読むよ。よう聞いてよ」

香代ちゃんが読み始めると、おばさんはすぐに関心を移した。

「うん、ひばりが好きやった」

「兄さまが死んでから苦労したもんなあ」

「恵ちゃんはほんとにようやったよ」

文章の切れ目にそんな合いの手をいれた。

「亡母　三村初子のあゆみ。川上家の最初の子ども、三男六女の長女として富山県に生まれる――」

「ウソやよ！」

おばさんが鋭く言った。ぎくりとして首筋が凍りつく。恐る恐るその表情をさぐる。

「姉ちゃんは〈朝鮮〉で生まれたんやよ。わひは〈富山県〉やけど。おじいちゃんがひと足先に朝鮮からモジビ（募集）で日本に来とって、庄川堰を工事する飯場におった。ほんでちょっと食えるようになったもんで、おばあちゃんと姉ちゃんを朝鮮に迎えに行ったんやよ。おじいちゃんの名前は、そんとき日本人がつけたげな。朝鮮の名前は日本人にはわかりにくいもんでね。ほれ、おじいちゃんは背が高かったやら、ほやで川上にある飯場の一番大きい人ちゅうことで、〈川上一郎〉になった。背の順番に、二郎も三郎も四郎もおったんやと。この話は、子どものときにおじいちゃんから聞いて、よう憶えとるもん」

「いんね、おばさん――」

心の震えが声を揺らす。母の生まれた場所を偽ることにした、そのときと同じように、不安の穴に吸い込まれそうになった。人はどこかで生まれて、どこかで死んでいく。けれど、自分で選べぬ生まれた場所が、差別の「理由」になることがある。だからわたしは、日本人として暮らす日常を乱されないようにするため、母を使って差別から逃れようとした……のだろうか？　いや、だけど実際に母は……。

「……お母さんは朝鮮で生まれて半年でこっちにきたんやし。生まれたとこより、育ったとこやし……」

「──恵ちゃん」おばさんの細く尖っていた眼と声がまるくなっている。「別にわひは、〈富山県〉やなしに、〈朝鮮〉生まれと書かなあかんちっとるんやないよ。あんたが、なんでそうしたんか、わひにはようわかる。ようわかるよ。ほやで、泣かんでもええんやよ……」

帰りの車から、田んぼのなかにある墓地の脇で、日盛りに咲く数本のひまわりを見た。ゴッホの〈ひまわり〉が呼びだされて、母がまぶたに宿った。

仏壇の前に座る。香をたき、鈴《りん》を鳴らして眼を閉じ、合掌する。母は去ったのではない。還ってこないだけだ。合わせた掌と眼を開くと、自然と母への言葉にならぬ言葉が湧き出してくる。終わらぬ悲しみと引き換えに、介護から解放されたという、うしろめたさとともに……。この平穏が、わたしの心柱《しんばしら》をゆっくりと侵食しているのがわかる。背中が痛み、足が痺れる。それでも、母がいたときと変わりなく、夜は更け、逃げようもなく朝がくる。還ってこない母を探す標《しるべ》は、わたしの記憶だけだった。

お母さん、病気になってからも何度か行った温泉で、知り合った人から、お国はどちらですか？　と聞かれることがあったね。するとわたしら、ふっと戸惑った。相手は住んどるとこを聞いとるだけやのに……。考えてみるとわたし、あの会葬の栞で初めて、「日本人」やと偽りを文字にしたんやなぁ。

お母さん、乗り気じゃなかった君子姉ちゃんの背中を押して馬泰烈《マテヨル》さんと結婚させたのはなんでやったん。もの心ついたころ、嫌というほど見せつけられた、お母さんへのお父さんの暴力。別の女の人のとこからたまにしか帰ってこんかったお父さんに叩かれて泣いとったお母さんの姿は、忘れられん。お父さんがわたしを朝鮮嫌いにしたんかな。

ほんでもわたしは全部を消せなんだ。お母さんの朝鮮の名前は鄭南香《チョンナミャン》。お坊さんに話して戒名を〈釈尼香初〉とつけてもらった。お母さんが、五木寛之をあんなに熱心に聴いたのは、五木さんが朝鮮で暮らして、そこから引き揚げてきた人やったから。朝鮮の話のとこを、繰り返し聴いとった。アリランとトラジが流れるといっしょに歌ったね。

お母さん、芳子おばさんのところから帰るときに見たひまわりで、はっとしたんやけど、わたしはお母さんに、ゴッホの本物の〈ひまわり〉を見せてあげられなんだんやね。それに気づいたら、本物の〈ひまわり〉を見たなってね。予習のつもりで、岩波文庫でゴッホの手紙なんかを読み直したりしたんやよ。〈ひまわり〉はね、ゴッホがゴーガンと共同生活をする部屋を飾るために描いたんやと。ふたりの生活はすぐに壊れて、ゴーガンがでて行った。ほんでもゴーガンは寝室に飾られとった〈ひまわり〉を譲ってほしいとゴッホに手紙を書くんやね。ゴッホはゴーガンに認められたことをすごくよろこんだけど、手放すのを拒む返事を書くの。そのなかにこんな言葉があるんやよ。

「ああ、親愛なる友よ、絵を描くのは……悲しみに傷ついた心に慰めを与える芸術をつくることです！」

お母さんが飽きもせず、そこに貼ってある複製写真を見とったのは、こういうことなんや。〈ひまわり〉がお母さんを慰めてくれとったんやね。わたし、これから東京へ行ってくるでね。新宿に〈ひまわり〉を常設展示しとる美術館があるもんで、お母さんの分も見てくるでね。きっと深い感動と慰めがくると思う。だって、本物やもん。ついでにね、神楽坂で姪っ子がやっとる評判の韓国料理屋さんにも寄るつもり。

こんな遠出は、最後やろうね。ほんで、ここに戻ってきて、この家で、わたしは、死ぬまで、もう少し生きて行かなあかんのよ。

お母さん、ほんでも、〈本物〉って何なんやろう……。

煙のにおい

「ひとりぼっちは嫌やねん。なあ、はよ家へつれてって」

カーテンで仕切られた四人部屋の病室の奥、窓際のベッドで横になったままのオモニ（母）は、私を見あげて掌をすり合わせた。切れ長の一重まぶたから、大粒の涙がこぼれた。

「オモニ、なんでひとりぼっちやの、ここにはお医者さんも看護師さんもおってくれてるやないの、あたしらも交代できてるし……」

妻は中腰になって、オモニの手をひとまわり大きくてふくよかな自分の掌につつみこんで、じゅんじゅんと諭した。けれどもオモニは「ひとりぼっちは嫌や――」とばかりくりかえした。

オモニはこんなふうに泣く人ではない。なのに掌まですり合わせているのだ。

「朝鮮のことわざに、悲しみが足りんから涙がでる、というのがあるんや。なあ、あんた、昔は悲しいても、でる涙がなかったんやで……」

もう半世紀以上も前、妹が日本人との恋に破れて家に戻った。涙にくれていた妹の背中をさすりながらオモニは、悲しみが詰まって喉が破れそうな声で、そういった。駆け落ちの果てにつれ戻され、それでも一緒になりたいと額を畳に擦りつけ続けた娘と相手の男の願いを、アボヂ（父）は苦衷の末に受け入れた。だが男は、彼の両親の頑強な反対に白旗をあげたのだった。

「悲しみが足りないから涙がでる――」

オモニがそういうのを、それからもいくどとなく聞いた。だれかをはげましたり、なぐさめたりする場面のようだったが、その人影は擦りガラスの向こうにあるかのようにおぼろげだ。いや、オモニが自分にいいきかせていたのだろうか？　ひっそりつぶやく声が耳の奥に残っている。もちろんオモニは朝鮮の女。悲しいときにも、憤ったときにも、胸をたたき、床を打って慟哭していた。でもそれは、めったにあることではなかった。

しかし、いま頬を濡らすオモニの涙は、悲しみが足りないから、なのだろうか。

オモニが帰りたがっている家を、一族の者らは〈いまの家〉と呼ぶ。それは新長田駅の山側を少し東へいったところ、新湊川の近くにある。軽量鉄骨を骨組みにした小さな二階建ての家だ。〈いまの家〉は、阪神淡路大震災で倒壊してアボヂの命を奪った〈もとの家〉があった敷地に、震災後二年で新築された。震災当時、〈もとの家〉には、アボヂとオモニが暮らしていた。そして、〈いまの家〉にはオモニが独居する。オモニのひとり暮らしは、すでに十七年になろうとしている。

〈もとの家〉は、棟割の六軒長屋と見間違えるほど隣家に密接した、戦前からの古い木造の二階家だった。そこで長男の私を頭《かしら》に、妹と弟ふたりの四人きょうだいは生まれ、育ち、逝き、巣立った。近隣には、ケミカルシューズの工場、問屋《といや》といった卸の店舗などがひしめいていた。

それには多くの朝鮮人が従事した。街の人々は、自分たちを〈ゴム屋〉と称した。

街にはつねに塩化ビニールを加工する薬剤のにおい、ゴムを溶かして成型する工場の騒音、靴底を貼るボンドの刺激臭が、ひっきりなしに出入りするフォークリフトや軽トラック、ライトバンにかき混ぜられて充満していた。

「どないや?」

「あかんな、こんどの製品はいける思たんやけどな。小売でさっぱり動かんらしいわ。返品の山や……」

「次の展示会いつや?」

「再来月やけど、手形が落ちるか心配やねん……」

「あそこのメーカー不渡りだしたらしいで」

「ほんまか! どないしょ、うちもそこの手形持っとうねん……」

「Sゴムの新作、ええデザインしとうな」

「せやな。やっぱ、センスのあるデザイナーつかまなあかんて……」

「社長、中国どうでしたん?」

「ああ、そらもう勝たれへんわ。めっちゃ安いねん賃金が。長田もわやになるかも知れんで……」

〈ゴム屋〉のにおいと排気ガス、街で働く人たちの喉を潤すモーニングコーヒーの香り。昼どきの胃袋を満たす朝鮮市場のキムチとニンニク、ごま油のにおい。それらが混淆して、長田の街は、独特の活気を発散して、他所にはない雰囲気を醸しだしていた。古ぼけた低いビルがスレートぶきの小工場の群れにアクセントをつける。住宅のほとんどは木造の二階家か平屋で、幹線道路以外は無数の路地が入り組んで、新参の外来者たちを迷わせていた。

けれども街は、あの震災で倒壊し、燃えつき、壊滅した。多くの〈ゴム屋〉がこの街から去っていった。鳴り物入りの復興計画で建設された商業ビルには、半分ほどの入居もない。雨後のタケノコのような高層住宅が、この街のどこからも見えていた六甲山や高取山のなだらかな稜線を直線で切り取った。道路の拡張で、住む者に親密さと諍いをもたらしていた路地は消えた。失せた近所づきあいの代わりに、砂漠のような更地がビル風に土煙をあげる、やたら駐車場が多い街になった。長田に充満していた活気を示すあのにおいも完全に霧散してしまった。

それでもオモニは、〈いまの家〉に帰りたい、と涙を流すのだ……。

朝鮮の慶尚北道達城《キョンサンプットタルソン》で一九二四年に生まれたオモニは、十五のときに八歳年上のアボヂに嫁して、神戸長田へやってきた。

お前のオンマ（母ちゃん）の結婚はな、口減らしみたいなもんやったな。ほんでも、それが当たり前の時代やったで、しょうがないわな。もう日本で働いとった同郷のお前のアボヂ――朴書房《パクソバン》と、親同士で全部決めて急いで式をあげたんや。貧しい百姓のくせに、いや、そのせいやったんやろうが、うちは子だくさんでな。あれが嫁にいくとき、家にはおれと兄貴、妹が三人、弟がふたりおってな、そのあとでも弟がふたり生まれたぐらいやから……。朝鮮の片田舎で家族がぎょうさんおって、少しでも口を減らそうと焦っとる家ではな、娘が日本へいけるちゅうだけで万々歳や。ほんでな、朝鮮で形ばかりの結婚式をやって籍を入れた。そうすると、難しい日本への渡航証明書も割と楽にだしてくれたんや。お前のオンマは気性も激しいし、頭の回転も速かったもんで、朝鮮よりも日本へいきゃ、なんとか食えるやろうし、少しでも故郷に金が送れると計算したんやな。その計算は間違っとらなんだ。お前のオンマはちょっとずつ家に送金しとった。後で聞いたらそういうことやった。ほやで、お前のオンマの結婚は、親が全部決めてやったようやったけど、あれの考えでもあったんやな。うん、朴書房はちょっと躰が弱あて、戦後は大病もしてあれも苦労したけど、真面目一徹で酒も女も博打もやらん。ほうや、よかったんやないか、この結婚は。優しい男やったし、おれんとことは違って、夫婦仲はよかったんやし……。

私は長じてオモニのすぐ上の兄である伯父さんから、両親の結婚のいきさつをこんな風に聞いた。

伯父さんはオモニのきょうだいで、ただひとりの在日。オモニが嫁いで一年後、戦時強制動員で日本に連行されてきた。富士山に近い原生林に林道をつける動員先での過酷な労働とひもじさに耐えられず、仲間と図って逃亡したという。逃げたという知らせが〈もとの家〉に届くと、すぐに人をやって伯父さんを迎えた、とオモニから聞いていた。

伯父さんは解放後も国へは帰らず、東北地方へのゴム長靴の行商をした。長田で仕入れたゴム長靴やゴム靴は、現地の協同組合を通してリンゴなどと物々交換された。長靴や靴が不足していた時代なので、雪深いかの地へ持っていくとかなりの儲けがでた。それで一時は羽振りがよかったという。岐阜県から嫁入りした伯母さんと〈もとの家〉の近くで暮らしていて、よく往き来きした。いとこたちはまだ生まれていなかったので、私はとてもかわいがってもらった。

ところが、しばらくすると夜逃げのように伯母さんの実家がある岐阜県のK町へ引っ越してしまった。後にオモニに聞いたことだが、当時囲っていた日本人の女に貯めていた金を持ち逃げされてしまった、ということらしい。K町へいった伯父さんは亜炭炭鉱の鉱夫、後に伯母さんの実家がやっていた襤褸《ぼろ》屋の見習いをへて、タイル工場、そしてレンガ工場の労働者になった。共働きで三人のいとこたちを育てあげて五十五歳でリタイア。工場労働者をしていたときにかけていた厚生年金のおかげで在日朝鮮人としては珍しく、年金暮らしの老後を送り、その地で骨になった。享年八十四だった。

アボヂの日本への渡航について、私は知るところがほとんどない。京都でパチンコ屋を成功させた、同郷の〈田中のおじさん〉が一九二〇年代の初めに日本にきていて、彼を頼って渡ってきたことはオモニから聞いた。「チョッパリ（日本人）が威張とって朝鮮では食べられへんやん」とオモニは言葉を足した。知るのはその程度に過ぎない。口の重いアボヂに、私から話しかけることがほとんどなかったせいでもある。だが、それはありがちな父子関係といえるだろう。私がふたりの息子の父親になって、ふと気づいたときには青年期の彼らとの会話が絶えていたのだから。だが、私の父子関係と決定的に違う一点があった。大学時代の私には心のどこかに、文字を持たぬアボヂを、なぜそうなのかを深く問うこともせず、軽んずる気持ちがあったのだ。それをアボヂは感じていたかも知れない。息子の傲慢を沈黙することで耐えていたのだろうか? 胸の奥で恥の棘が切なく疼く。だからこそ、いつか虚心にアボヂが渡日したあの時代の記憶を言葉にしてもらおう、と思い続けてもいた。震災の前まで、アボヂはまだまだ元気だった。まさか、あの朝、突然逝ってしまうなどと、夢にも思っていなかった。大きな悔いは、いまだに私の躰の芯を揺さぶっている。

日本にきてからアボヂは、戦前から長田の地場産業だったゴム工業—ケミカルシューズ産業に従事した。細身で長身、禿あがり気味の広い額を区切るような太い眉、その下の眼は大きく丸かった。鷲鼻気味の高く細い鼻、厚めの唇はめったに開かなかった。オモニはいつもアボヂを、「男前や」と自慢げにいった。そして「あんたらもアボヂに似てええ男や」と私や弟によくいったものだったが、男きょうだいはどちらかといえばオモニに似ていた。切れ長の眼をしていたし、鼻は丸くて大きかった。アボヂの顔立ちを受け継いだのは妹で、私から見ても美しく整った顔立ちをしていた。オモニはもちろん、妹を「長田一の美人だ」と褒めていた。それは決して身びいきではなく、町内の同胞たちの一致した意見でもあった。

アボヂの寡黙は、彼の言葉に逆らえない重みを加えていた。近所の朝鮮人のアジョシ（おじさん）たちは、異国で生きるどうしようもないうっぷんを酒で飲みこんでは吐きだしては、アジュモニ（おばさん）の髪の毛をつかんで家のなかから路地にまで引きずり回す修羅場を演じる。そんなときにはアボヂが出ていき、低く鋭く「やめ！　クマンへ（それまでだ）！」と、止めに入っていた。だれかが制止しなければ収まらぬ諍いだから、いつも素面《しらふ》のアボヂの存在は貴重だったに違いない。少し離れた家の諍いでも、人が呼びにきたほどだった。無口な男の、低く、押し殺した声には、それなりの力があったのだろう。そんなアボヂだから同胞が経営するケミカルシューズ会社からの信頼も厚く、定年後も工場のカギを預けられて、亡くなる日まで戸締り役をまかされていた。アボヂはその仕事を〈門番〉といっていたが、年金とは別に、それで得られるいくばくかの金を、孫たちに使うのを楽しみとしていた。

アボヂの趣味といえば、〈もとの家〉の軒下に台を自作して置いた十数鉢の盆栽いじりだった。それと、近所のアジョシたちと打つ碁。アボヂは、どこからか手に入れてきた、薄い天板に四つ足がついたかなり上等な碁盤の前に座り、一度打ち始めると自分からやめようとは決していわなかったらしい。アボヂは工場の夜勤明けの午後にはよく碁を打っていた。玄関脇の部屋で近所のアジョシと「うん、うん」と合いの手を入れながら石を打つ。それが夕飯のころまで続くのは珍しくなかった。アボヂの「碁の腕はそこそこ」とだれかがいっていた。「勝つまでやめない。しつこい」とも聞いた。

オモニはアボヂを家長としてつねに立てていた。オモニはアボヂの意見に決して逆らわず、意に沿わないことでも、まずはアボヂにしたがい、時間をかけて自分の思う方向へと誘導するのだった。だからアボヂがオモニに声を荒げることがなかったのだろう。オモニはしたたかな戦略家だった。

そんなオモニのやり方に感嘆したことがある。それには私の後ろめたさも貼りついている、妹の進路をめぐることだ。

在日一世の男の例にもれず大いに儒教的なアボヂは、私が高三、妹が中三の夏休み明けの始業式の朝食のとき珍しく口を開いて、妹に「中学を卒業したら就職しなさい」と突然通告した。それは有無を言わせぬ命令だった。というのも、私の大学進学があり、入学金や授業料などが家計を圧迫するのは火を見るよりも明らかだったからだ。長男は大学にやるが、娘は中卒で仕方ないというアボヂの判断の表明だった。自分の進学が、妹の勉学や、きっと抱いているはずの夢の妨げになる……。暗闇で不意に殴られたみたいに、体じゅうの血が炭酸水のように湧き立った。そうなるだろうことは、どこかで感づいていた。そ知らぬふりをしていただけだった。卑しさが放つすえた悪臭を嗅いだ。それでも私は大学へいきたかった。そこそこの大学に合格する自信があった。

「あんたは給食費をきちんと払わない朝鮮の家の子だから、本をなくすに決まってる。だから図書館の本は貸せない」

小二のときの担任の女教師にいわれて、涙をこらえた。小三までは民族名を使い、四年からは差別を避けるために一族が創氏改名で使った〈新井〉を名乗った。番町の部落からきていたゴンタが「チョーセンジン」と迫ってくるので、けんかは絶えなかった。ひょんなことからゴンタのひとりに勉強を教えてやると、ゴンタたちが家にくるようになった。みんなにも教えてやるようになると、けんかの毎日はおさまった。だが暮らしの貧しさのなかに差別が見えていた。

差別から逃れるため、大卒の資格が欲しかった。だがあの時代、在日朝鮮人の大卒になんの意味もないことを知るのに時間はかからなかった。卒業を前にして、「普通の会社」の門は閉ざされていた。固すぎる繭に閉じ込められた不運な蚕のように、決してチョーセンジンであることから逃れることなどできはしなかったのである。

〈田中のおじさん〉のパチンコ屋にひろってもらった。そこで、ホール、機械、営業、経理などの下積みから十三年後にはナンバースリーになったが、創業者と二代目の内紛に嫌気がさして辞めた。その後、警備会社に転職してビルや駐車場の守衛の仕事をずっとしてきた……。

妹も強く進学を願っていた。彼女にそれだけの能力があったのは、勉強を見てやった私が一番よく知っていた。アボヂの通告に、妹はぐっと息をのんだ。アボヂはなにごともなかったように、みそ汁をすすり、ご飯を口に運ぶ。妹の両眼に涙があふれて、つぅーとふた筋、頬を伝わった。あごの先端でひとつになった涙は、紺色のセーラー服の胸元にぽとりと落ちて、丸いしみをつくった。彼女はなにもいわずうつむいた。涙が飯台に雨だれのようにぽたぽたと落ちた。それを見たオモニは、顔をそむけて「ふぃー」深いため息をついた。私は喉がつまってしまい、茶碗を飯台に戻した。

その日から、私と妹のあいだに、ぎこちない空気がわだかまった。オモニに似てがまん強い妹は繰り言をいわなかった。ただ、しばしば訴えのこもった暗く強い眼を、オモニと私に向けた。それがいたたまれなさを増幅した。

十月の終わりごろだった。夕食どき、階下から妹が、「オッパ（お兄ちゃん）ご飯よー」と呼んだ。台所からはカルチ ギョリム（太刀魚の辛煮）のいいにおいがしていた。妹が大ぶりの器に盛ったそれを運んできて、飯台においた。アボヂは好物に眼を細めた。台所に戻った妹が白菜と大根の葉の味噌汁――シレギクッのお椀を配膳した。オモニが大盛によそったご飯を持ってきて、まずアボヂの前におき、子どもたちにそれぞれ取らせた。これで家族全員が席についた。いつものように、私たちはアボヂが箸を取って「チャー　モッチャ（さあ、食べよう）」というのを待っていた。ところが、今日はオモニに目配せしている。それに気づいたオモニが、「あっ、イエー」と受けて、妹を見ていった。

「N商業の定時制を受けなさい。彗星ゴムの社長と話がついているから」

妹が困惑したようにアボヂを見た。アボヂは黙ってうなずいて、「チャー　モッチャ」とさっぱりした声でいった。

オッパみたいに大学へもいきたい、とひそかに考えていただろう妹にとって、それは自分が望む進路ではなかったはずだ。だが現状では最善の解決策をオモニが探り、アボヂに了解をとりつけて、私と妹に示したのだった。

寡黙なアボヂの代りということではないだろうが、オモニは私たちに厳しかった。言葉とともに手もでたし、小さいころには、ほうきやチリ払いの柄でたたかれたり、家から追いだされたりもした。しかし、いつも怖く厳しいのではない。オモニはよく、きっと機嫌のいい時だったのだろうが、私たちを、「あんたはどうしてこんなにおりこうさんで、かわいいのか」と抱きすくめた。壮年のころはふっくらとしていたから、豊かに張った乳房の感触がわかるほどに。そして、頬や首筋に音を立てて唇をあて続ける。自分がされたように、妹たちが抱きすくめられるのを見る。もうそうされるのが気恥ずかしくなっていた私は、嬌声をあげる妹や弟たちを、わざとつくったあきれ顔で見ながら、軽い嫉妬にかられたりしたものだ。オモニの厳しさ、あふれだす優しさに激しい気性が絡みついて紡ぎだされる呪縛の糸に、私たちはとらわれていた。

いま思えば、きっと理不尽に、オモニの心をかき乱す感情のままに、叱るのではなく、怒りをぶつけられたことは、あったに違いない。日本で朝鮮の女が生き、暮らしを立てるには、いつも凪のような気持ちでいられるはずがない。だが、そうされた、という確かな記憶は、私にはないのだ。

オモニは家にじっとしていなかった。食べるために、子どもらを学校へ通わせるために、廃品集めや臨時の土木作業にでていた。仕事が休みの日曜日には、遠い親戚が営んでいたメリヤスセーターの行商をした。ケミカルシューズが爆発的に売れだしたころには、アボヂの会社で靴底の貼り子をした。この仕事が一番安定して、長く続けた仕事だった。こんなふうにして、アボヂの稼ぎに自分の収入を足して暮らしを立てたのだった。

在日一世のオモニ。口減らしの日本への渡航。故郷への送金。戦時強制動員から逃亡してきた兄をかくまい、この地で生きる場所をあたえた。躰が強くない夫を立て、差別に貼りつく貧しさと格闘しての子育て。子どもたちはそれぞれに家族をなして自立し、孫が生まれ、そしてひ孫も抱いた。ようやく訪れた平穏のとき。人生の最晩年になって襲ってきた阪神淡路大震災による伴侶との突然の別れ……。

アボヂはもちろん、震災の朝も玄関わきの六畳間で眠っていた。工場の門を開けるのは、朝の材料の搬入などもあるから、六時半と決まっていた。オモニが起きるのはその時間ごろ。アボヂは六時になるとNHK第一に合わせてあるラジオをつけて、ニュースと天気予報を聞きながら身支度をする。この三十分の時間差を大切にするため、アボヂはオモニに二階で寝るよう勧めた。それはアボヂが〈門番〉になってすぐのことだった。これがアボヂとオモニの運命を分けたのだろうか？

アボヂは路地をでて、浜側へ百メートルもいけば到着する工場の門を開け、灯りをつける。門のまわりなどを簡単に掃除する。七時をめどに出勤してくる早出の工員たちと雑談を交わしたり、材料の搬入を見守ったり……。たまに早く出社する二代目の社長に、「おじさんモーニングどうですか」と誘われたりすることがあるが、たいていは七時半ごろには家に戻り、オモニが支度を済ませている朝食を一緒に食べる。

その朝は火曜日。アボヂはいつものように〈門番〉の仕事をするために、布団のなかで、すでに目覚めていたのだろうか？　午前五時四十六分――。

死に物狂いに働いてかちえたアボヂとオモニの、唯一の財産らしきものといえる〈もとの家〉。だから、なのだろうか。家へのオモニの執着は強かった。オモニは更地になった〈もとの家〉の場所に、行政の補助を活用し、自分の蓄えに加えて、子どもたちにも応分の負担を要求して、町内で真っ先に〈いまの家〉を再建したのだった。

「ぼやぼやしとったらな、この土地《とぢ》、チョッパリ（日本人）に取られてまうで」

これが〈いまの家〉が建つまでの、オモニの口癖だった。

オモニは一族が一堂に会して、三宮の中国料理店で祝った九十歳の誕生会の後、見る見るうちに衰えはじめた。持病の両膝の痛みがひどくなって、室内の移動さえ難儀するようになり、一日の大半をベッドで座ったり、横になったりして過ごすようになった。少しずつでもやっていた家事ができなくなってきていた。

「なんでも自分でやってきたんや。あんたらの世話になりたない――」

オモニのプライドを傷付けないよう、慎重に説得をして、朝昼を兼ねた食事と室内の片づけをヘルパーさんに頼んだ。夕食はデリバリーにして、週三日の泊まりを、私と弟夫婦、孫たちもまきこんでローテーションを組んだ。そして近くの特養ホームを探した。だが、なかなか条件の合うホームは見つからず、また入居は百人待ち以上といわれ、肩を落とした。

誕生会から二か月後、ヘルパーさんが帰った後の遅い午後だったようだ。オモニは手すりをつたってトイレへいく途中にキッチンでころび、テーブルに左肩をぶつけて脱臼してしまった。ころんだ場所で動けずに、弱々しくうめいていたオモニを見つけたのは、その日が泊まり当番にあたっていた弟の妻だった。救急車を呼ぼうとあせる彼女は、異臭に気づかなかったらしい。オモニは、「あかん、呼ばんでええ、はよ着替え、着替え」と声をしぼりだした。もの心ついてから初めての失禁だった。粗相におびえ、途方に暮れる子どものようだった、と義妹は、そのときの様子を、なにかの憤懣に耐えるように、涙を浮かべて話してくれた。

オモニが入院して五日が経過していた。午後から夜にかけては、家族のだれかしらがかたわらにいる。そのことは、毎日欠かさず病室に顔をだしている妻から聞いていた。彼女は結婚当初、長男の嫁ということで姑の風当たりが厳しかったこともあり、オモニを恐れつつ、格別に心を砕いていた。その気遣いは、いつしか歳月によって、妹とオモニの間にあるものとは別種の親密さというか、女同士で深い秘密をわけもつ絆のようなものになっていた。嫁と姑の関係が円満なのは、ありがたいことだった。

帰宅ラッシュで三宮からはかなり混んできた普通電車を新長田駅で降りて、妻の携帯に発信した。彼女はすでに病室にいて、オモニの容体に変わりはない、という。もう少ししたらそちらに着く、と伝えて、浜側にある病院へ向けて歩を進めた。前の見舞いのとき、幼女のように大粒の涙をこぼして帰宅を懇願したオモニの皺深い顔が脳裏をよぎる。さて、二日あけての今日はどうだろう。またあんなふうに泣かれたら、と考えると、私の心はにわかに暗くなった。

夕食が終わったらしい病室の、四つのベッドもカーテンは閉じられていた。天井の蛍光灯は、それぞれのベッドの上に配置されているので、上部がメッシュになっている医療用のカーテンではあっても、足元は光が遮られて、病室中央の通路は、廊下よりもいくぶん薄暗い。そのちょっとした光量の違いが妙な想像をかきたてる。カーテンが閉じていることは、ベッドに病者がいるしるし。だが、往々にして、人のけはいがなく、物音もない。すると、仕切りの向こうの人がすでにこと切れてしまっているのではないか、と思えてしまう。それが、オモニが逝ってしまっていたら、という怖れに結びつく……。

一番手前のベッドから男女の低い話し声が聞こえた。安堵が走る。さらに奥へ進むと、オモニのベッドから忍ぶような笑い声が漏れてくる。それに続いて、オモニの少しくぐもった声。それに応じる妻の、のんびり間延びしたようにも聞こえるちょっと高いトーンの声。彼女の気持ちが穏やかでゆったりしているとき、自然にそうなる声音だった。姑と嫁、なにを話しているのかはわからないが、カーテンの向こうは、凪いだ空気に満たされているようだ。ほっと緊張がほどけた。カーテンを少し開いて躰を滑り込ませ「オモニきたよ」と声をかけた。

「ほお、きたんかいな。無理せんでええのに」

「いや、無理なんかしてへんで」

ベッドに横たわるオモニに、私からとりたてて話すことはない。最初のひとことにつないでし、補いながら、情景を編み込むように伝えてくる。オモニと妻が名コンビよろしく、容体を、互いの言葉を継ぎ足
「どない?」と問う。すると、オモニと妻が名コンビよろしく、容体を、互いの言葉を継ぎ足が、躰を起こすときには難儀する。持病の膝は痛いが、歩行補助器を使って自分でトイレにいっている。看護師さんからは「あんまり無理せんといてね」と止められているらしい。転倒して骨折でもされたら責任問題になるということなのだろう。

「ほんでもな、ベッドでおしっこなんかできへんでって、釘さしといたんや」

実にオモニらしい返しの言葉だ。で、それを、ぴしゃりといったのか、笑いをまぶしていったのか? それによって看護師の受け取り方も変わってくる。看護師に煙たがられてもらいたくはない。病院での強者は、やはり看護師だから……。嫌われて、邪険に扱われては、との思いが頭をよぎる。

おととい点滴が外れてから、とても楽になったらしい。寝返りをうつにしても、ちょっと移動するにしても。

「点滴が引っかかるし、気になるしで、ちゃんと寝れんかったもん」

それでも、夜眠れなくなるから、昼寝はしないように、と日中はテレビを見るのもかねて談話室に座っている……。

「食欲？　あるよ。出てくる食事は全部食べる。あんまりおいしないけどな。家では二食やったやん。朝昼晩は、ちょっと食べすぎや。肥えたかも知れんわ」

「ふふふ」とオモニが笑う。自然なような、つくっているような。うん、そういえば……いやいや、そんなに変わってはいない。躰への打撃で、やつれた感じはとれていない。とても退院できるとは思えない。

「まあ、ほんでも無理せんと。肩だけやなしに膝も痛いんやから、ここでもうちょっと養生したらええんちゃう――」

そういったとたんだった。穏やかだったオモニの表情が一瞬にして壊れた。

「ひとりぼっちは嫌やねん……」

私と妻は、思わず見つめあった。彼女の表情に、自分と同じ思いを読みとった。そうだよな、脱臼という躰への打撃でさらに弱ったオモニを帰宅させるのは、どうしてもためらわれる……。

「オモニ、ほんでもね――」

妻が先日と同じように、なんとか説き伏せようとする。だが、オモニはまた、幼女のように懇願をくりかえす。つねに理を通す人の、理にあわぬ願い。それは無類の説得力で、私たちを追いつめる。

「うん、うん、わかったからオモニ、もう泣かんとき。な、明日にでも先生に相談して、なるべく早く退院できるようにするから」

私は、約束とはいえぬ約束をして、その場をつくろうしかなかった。

私たちは新長田駅までの道と帰りの電車のなか、駅から家への道でも、言葉を交わさなかった。あんなにも帰りたがっているのに……。とりかえしのつかない罪を犯しているのではないか？　そんな思いが熾火になって、胸を熱く焦がす。焦げた胸のなかで、憤懣が煮詰まる。なにへの憤懣？　聞き分けのないオモニに対して？　沈黙する妻に対して？　願いをかなえてやれない自分に対して？　不確かななにかをつかもうとする感じのなかに、後ろめたさがある。私たちが決心すれば、オモニを〈いまの家〉に戻すことは不可能ではない。だが、介護の体制を根本的に改めなければならない。その負担は……妻に最も重くのしかかるだろう。妻は並んで座った電車でも、半歩遅れで家路をいくあいだも、ずっと伏眼がちで、私の視線を避けていた。なあ、どう思う？　と、軽々しく問えぬ、見えない壁をめぐらす。おれの気持ちを察して言葉をくれよ、と考えて、狡さに気づく。もちろん妻も、オモニの願いを叶えたいと思っているだろう。それは間違いないはず。で、あんたはどうなの？　あんたにもその覚悟はあるの？　無言の問いは、痛くこちらを刺す。

玄関の鍵を差し込むのとほぼ同時に、固定電話のベルが鳴りだした。病院でなにかあったのか、と不安が影のようによぎる。鍵も抜かず、靴を脱ぐのももどかしく、居間へ向かい、受話器をあげた。妹からだった。ほっと、深い息が漏れた。彼女は昨日、妻を引き継いで、面会時間が終わるまでオモニに付き添っていたはずだ。

「ああ、お前か。わしらいまちょうど、病院から戻ったとこや」

「いま帰りなんやね。ちょっと前にもかけたんやけど。携帯にかけるほどの急用やないし、落着いて話すには家の電話にかけた方がええな、と思って」

京都に嫁いだ妹は、大阪に暮らす私とは少し違ってきた抑揚でこういった。

「そうなんか。快速に乗り換えずに、普通でずっと座ってきたんや。ちょっと悩ましいて疲れることがあってな。ほんで遅なった」

「悩ましいって、オモニのことやない」

「わかるんか」

「うん。今日もそうやったんやね……」ふーっと長い吐息が漏れた。「……オモニ、うちらがほんならまた、って帰ろうとすると、家へ帰りたい、って泣きはるでしょ。ひとりは嫌やって。やっぱり病院にはきてくれはらへんのやねえ」

「病院にはきてくれはらへんて？」

「オモニのところに懐かしい人らがきてはるみたい」

「えっ、だれが?」

「もうこの世にいてはらへん人らみたい」

「それいつからや?」

「ころんで入院するちょっと前ぐらいかなぁ」

「わしが〈いまの家〉に泊まったときには、そんな様子はなかったがなぁ」

私が半信半疑でいうと、そばで聞き耳を立てていた妻が、ひょっとしたら、と眼を見開いた。

「あたしが当番のとき、夜中になんか聞こえて眼が覚めたんかな? で、耳を澄ますと、オモニがベッドでひとりごとをいってはって、それが朝鮮語なんよ……。小さな声やったし、寝言かも知れんし、オモニを起こしたらあかんし、と思って灯りはつけずにじっとしてたら、静かになって、寝息が聞こえてきた。私もそれにつられて寝たんやけど」

妻の言葉を妹に伝える。彼女は、やっぱりね。多分、アボヂやオモニの両親、うちらが会ったこともない朝鮮の親戚やきょうだいがきてはるんやないの、と応じた。私は、うーん、とうなるしかなかった。

「ころぶ前の晩、泊まったのうちゃん。オモニね、はっきりうちに、ほらアボヂがきとるやないの、あんた見えへんのか、っていったんよ。あんたにカルチ(太刀魚)買ってきてもらってよかったわ。はよ煮付けつくり、って」

実際には、カルチは買っていなかったし、煮付けもつくらなかった、という。けれど不思議なことに、オモニがそういったとたん、アボヂの好物だった太刀魚の辛煮のニンニクとショウガ、唐辛子粉で味付けした醤油のにおいが、妹の鼻の奥を強く刺激した、というのだ。

「それがきっかけで、アボヂの記憶が全部、うん……どう表現したらええんかな、とにかくパノラマみたいに頭のなか全部に広がってね。はっきりと見えるんよ。ううん、実際には見えてへんのかもしれんけど、イメージが重なり合って、一挙に、爆発するみたいに頭のなかに充満するの。おまけに、においや手触りもあって、それが五感を刺激して全身を震わす……いや、ちがうな。どないいうたらええんやろ……」

そんな体験のない私は、仲間外れにされたような拗ねた感情がわいてきて、妹の興奮に反発する気持ちさえ起きていた。とはいえ、オモニが家へ帰りたがる理由についての彼女の診断をくつがえす根拠もない。

「オモニがきてる、っていわはるんやから、きてはるんやろね。オモニは、きてくれはった人らといろんな話をしとったんやないかな？　そやし、だれもきてくれはらへん病院がさみしくて、嫌で嫌でたまらんのやない？」

担当医は、お母さんの状態を考えると、もう少しここにいる方がいいのですが、といった。はあ、やっぱりそうでしょうか、と私は、安堵と悲哀が相半ばする気持ちのままに応じた。そんな私の反応をうかがっていた相手は、けどね、帰宅願望がとても強いのなら、それを押さえつけるのは、かえって状態を悪い方向へ急激に進行させることもあり得ます、と付け加えた。なににつけても責任回避の予防線を張る、実に「お医者さん」らしい言葉だった。不満は残るが、医師の見立ての後半部分に依拠して、私たちはオモニを〈いまの家〉へ戻すことを決めたのだった。医師との面談を終えて、明後日の退院をオモニに告げると、いても立ってもいられないように、妻に帰り支度の指示をしはじめた。

「オモニ、もう夜やし、いまちゃうよ。明後日やいうてるやん」

私がくりかえしてもオモニは指図をやめない。妻はオモニのいうとおりにしながら、辛抱強く状況を説明した。

「今日と明日の夜はここで寝て、それからやから……。そうそう、すぐやないから」

やっと納得したオモニは、心底残念そうに、しかし、涙はこぼさず、ひとりぼっちは嫌やねん、とつぶやいた。

退院した夜、ちょうど泊まりにあたっていた私に、妻があたしもつきあう、といってくれた。私たちには、妹が話した、だれかがきていることを確かめたい思いがあったのだ。

帰宅したオモニはあたりまえのように、妻がこしらえたテンヂャンチゲ（味噌チゲ）を、「ええ味でとるやん」とよろこんで食べ、テレビを少し見てから自室のベッドに横になった。そこで私たちは、きょうだいや孫たちの近況を少し話して、九時過ぎには灯りを豆電球にした。部屋をでる私にオモニはこういった。

「やっぱり家はええわ。自由やし、静かやし、落ち着くしな。病院は規則ばっかで、せわしないやん。寝たいときに寝られへんし、起きたいときに起きられへん。いびきやひどい咳、いまにも死にそうなうめき声が聞こえる。おまけにナースコールで走る看護師さんの足音とかな、どっかざわついてるもん」

私たちきょうだいか、孫のだれかが〈いまの家〉に泊まるときには、玄関横の六畳間にすえたオモニの介護ベッドの脇の畳に布団を敷いて眠る。たまに、ふたり以上で泊まるときには、ひとりは定位置に、他は二階の八畳間で眠ることにしていた。おむつを嫌うオモニのため、泊まり人は、夜半に一度オモニを起こして、トイレに立たせる仕事がある。同性介助がいいにきまっているから、と妻が定位置で眠ることをかってでてくれた。

——煩雑だった急な退院手続きを済ませ、入院費を支払い、二週間分の薬の説明を受けた。ナースステーションで看護師たちに退院のあいさつをした。

「みなさんお世話になりました。ほんならね。次にここにくるときは死ぬときやから、ちゃんと面倒見てや」

車椅子のオモニが師長さんに笑いながらいう。

「なにいっとるのオモニ、そんなに元気なら十年先まで大丈夫やわ」

長田の病院のせいか、師長さんが、当たり前にオモニ、と応じてくれたのが気持ちよかった。彼女とふたりの若い看護師がエレベーターまで見送ってくれた。妻がまとめたオモニの荷物をさげて、タクシーで〈いまの家〉へ移動した——そんな一日を寝床で反芻する。

あわただしい一日の疲れに加え、〈いまの家〉でのオモニの様子に無意識に神経を使っていたのかも知れない。私は晩酌に飲んだビールと芋焼酎の湯割りの酔いに誘われて、夢も見ずに深く眠っていたようだ。妻に肩を揺さぶられて起こされたとき、ここがどこかわからなかった。

「あんた、だれかきてはるみたいやで。オモニがあんたを呼んでこいっていわはるねん」

はっと上半身を起こした私に妻が続けた。

「オモニを夜のトイレに起こして用をさせて、ベッドに戻ったとき、『あんたきとったんかあ』ってオモニがいわはるの……」

「だれがきとんのや?」

「死んだあんたの弟さん。徳輝君なんやって……」

徳輝——トッキ! トッキは四歳下の弟だった。終戦の年の十月に生まれて、六歳で逝ってしまった弟。夜中に腹が痛いと泣きだしたけど、アボヂもオモニも大丈夫やろ、とおかゆを食べさせて、寝かせていた。〈もとの家〉の二階——。
痛いんか? うん。しくしく泣いていた。アボヂはもう仕事へいっていなかった。オモニは行商へでかける準備をしていた。ちょっとがまんしたら治るしな。オンマがそういうてたやろ。だいじょうぶや、ぼくも学校終わったらすぐ帰ってくるから……。

階下へおりると、オモニの部屋にだけ灯りがついていた。ベッドに座ったオモニが輝くような笑みで、視線を少し上に向けて朝鮮語で話している。天井につるされた丸い蛍光灯の光と、それの傘がつくる影の境界あたり。そこには人の頭の形に凝集したような灰色の闇があるように見えた。死んだ弟トッキは、オモニの正面に立っているのか？　私が部屋の敷居に立つと、オモニがこちらを向いて、朝鮮語で話しかけてきた。しかし私には、早口の、それも慶尚道《キョンサンド》なまりの強い朝鮮語は、ちゃんと聞き取れない。それに気づいたのか、オモニは、こんどは日本語でいった。

――トッキ、兄ちゃんきたで。なあ、ほれ、見てみ、あんなおじいちゃんになってもてな。うん、実際におじいちゃんやわ。ほんの少し前、兄ちゃんに孫が生まれたんやもん。うん、ほうや、オモニの五人目のひ孫や。

私は焦点が定められないままに灰色の闇のあたりを見つめた。だれかがいる、ような気もした。だが、確信がないまま視線は泳ぐ。

――あんたらには、トッキが見えへんのか？　残念《じゃんねん》やな。トッキな、立派な大人になってそこにおるんやで。うん、六歳のときにあっちへいったら、オモニのオモニな、そや、あんたのハンメ（おばあちゃん）が向こうで立派に育ててくれたんや。

――えっ、大人のトッキがきとるの？

――そやで。

あまりの答えに、私は口をつぐむ。大人のトッキ？　そんなトッキなど想像もできない。細い手足のきゃしゃな躰に、少し大きめの頭が乗っていた。顔はアボヂそっくりだった小さい奴。いつも私につきまとっていた弟。それが煩わしくて、邪険にするとすぐ泣いた。泣くとオモニにいいつける。すると、なんで弟いじめる、と、こっぴどく叱られた。可愛いけど、ちょっと憎い奴。子どものトッキしか思い浮かべられなかった。

――やっぱりきょうだいやな、あんたの若いころとそっくりやん。いくつぐらいのトッキやて？　トッキ、あんたいまいくつや？　二十五かいな。そっから歳とっとらんのかいな。はぁー、あの世ではそんなことがあるんやなー。ふん、そうや。ほんま、そうやで、うちもそう思うよ。オモニが天井を向いて朗らかに笑いだした。妻が怖れを湛えた眼で私を見た。私はオモニに聞いた。

――なにが面白いの？

――トッキがな、あんたの嫁さん今日はじめて会《お》うたけど、安心した、て。うちがいっとるんやないで、トッキがいったんやで。なにをて？　ふふふ、あんたの嫁さんブスやけど、心がほんまにやさしいんやて。それで安心したって。そやで、トッキや。うちの嫁さん、やさしいで、ふん、ほんまや、いちばんの嫁さんや。

そばにいた妻が眼がしらを押さえた。それが合図だった。煙のにおいがして、私に記憶が押し寄せてきて、頭のなかに大パノラマができた。妹がいっていたことは、これだったのか……。

あの日、梅雨の終わりかけの蒸し暑くて、どんよりと曇っていた日。三時間目の授業の途中だった。教頭先生がぼくを探して教室にきた。早く家に帰りなさい、君の弟が亡くなったんだよ。ひとりで帰れるかね？　はい……。えっ、死んだ？　家をでるときトッキは生きていたのに！

ぼくはわけがわからないまま、昨日の土砂降りでぬかるんだ道を走っては休み、休んでは走った。履き古した靴のなかに泥水が沁み込んでくる。靴下をはいていない裸足のかかとが靴のなかですべる。半ズボンのふくらはぎやひざの裏に跳ねた泥がつくのがわかる。汗が頭のてっぺんから噴きだして、額から鼻筋へ。こめかみから頬へ。首筋から背中へ。背中やわきの下の汗が、首筋から背中へ入った汗と交わって躰を走る。その不快な感触が、ぼくの不安をかきたて続けた。

もうちょっとだ。〈もとの家〉の路地からアボヂと白衣の男の人がでてきて、向こうへ歩いていくのが見えた。アボヂ！　と叫んだつもりだったが、息が切れていた喉からは、ため息のようなかすれた声しかでなかった。アボヂは白衣の人とずんずんと歩いていってしまった。路地へ入り、家へ駆け込んだ。トッキは一階の居間に、顔に白い布をかぶせられて寝かされていた。

オモニがひとり、口を掌ですっぽりと覆って肩を震わせて枕元に座っていた。そばにいくと、オモニは喉の奥から、躰が裏返ってしまうような恐ろしい声で叫んだ。

——朝鮮のしきたりはあんまりや！　先に逝ったからて、葬式もできへん、お墓にも入れられへんのや。トッキやぁ、トッキやぁ、病院につれていかなんだオンマが悪かった。アイゴー、アイゴー、アイゴー！

床を、胸をたたいて叫びはじめた。ぼくはオモニが獣に見えた。その場から後ずさりした。だれかの手がぼくの両肩におかれた。気づくと、近所の同胞のおばさんたちが、オモニを囲んでなぐさめながら、一緒に泣いていた。ぼくは近づくことも、離れることもできず、部屋の隅で立ちすくしていた。

しばらくすると、表情のない真っ白な顔をしたアボヂが帰ってきた。もういかないと、とアボヂがいった。いやや、いやや、とトッキにすがりつくオモニを、近所のおばさんたちが泣きながら引き離した。アボヂがトッキを薄い夏布団で顔まですっぽりとくるんで、胸に抱いて立ちあがった。お前もこい、とぼくにアボヂが低くいった。

玄関にいつの間にか、小さな棺が置かれていた。家の前の路地にリヤカーがあった。ひより町の焼き場まで、ずいぶん長く歩いた。連絡がしてあったのだろう、焼き場でアボヂは、トッキの棺をベンチにおいて、受付にいた黒縁メガネの職員に開襟シャツの胸ポケットからだした書類を手渡した。それを受けとった職員は、ちょうねんてんか、と低くいって、かわりの書類をだしてきた。アボヂはぼくを呼んで、書くようにいった。そのときやっと、ぼくがここにきた理由《わけ》がわかった。アボヂは日本語の読み書きができなかった。ぼくは職員に教えられた場所に、いわれるままに住所や名前を書いた。わからないことはアボヂに聞いて、聞いたことを文字にした。職員が無表情のまま短く合掌して、もうひとりの職員とベンチのトッキを運んで受付のカウンターのなかへ入り、その奥のドアの向こうへ消えた。そのときは、書類に書いた、「無縁」の意味がわからなかった。

火葬場をでて帰路についた。アボヂはきつく、ふりむくな、といった。でも、ぼくはふりむかずにはいられなかった。みずみずしい緑にあふれた六甲の山並みの上には、どんよりとした梅雨空がひろがっていた。いまにも雨が降ってきそうだった。火葬場の高い煙突から、淡く細い青い一筋の煙があがっていた。あれがトッキの細くて小さな遺体を焼く煙。それを見たとたん、微かに嗅いで憶えていたらしい火傷をしたときの肉を焼くにおいが、鼻の奥を生々しく刺激した。

トッキが燃えている!

ぎょっと恐怖に襲われた。その恐怖とは、あったものが無残に失われてしまう、埋めようのない空洞が胸のなかにぽっかりと開く感覚だったようだ。同時に、あの煙がトッキを焼く煙だと知っているのは、ぼくだけだと閃いて、もっと悲しくなった。もうトッキを、だれも知らなくなってしまう、と。

六甲の山並みを越えた煙は、梅雨空に同化して見えなくなる。六甲の緑を背景にした淡く細い青い煙の色が眼に焼きつき、そのにおいが鼻の奥にまとわりつく。

それはとたんにぼくのもっと幼い記憶を呼び覚ました。サイレンの音、爆音、破裂音、火のにおい、煙のにおい、消し炭のにおい……。空襲警報に追われて、オモニに手を引かれて入った防空壕に流れこんできた、音とにおい――。

裸電球の頼りない光に隈どられたオモニのひきつった顔が、私の記憶の始まりだった。においの記憶。空襲の後、と同じ、阪神淡路大震災後の、におい。死にまつわるにおい……。


「もう、いくんか?」オモニの声。「またきてや……」

オモニがちゃんとした言葉を発したのは、この夜が最後だった。


朝鮮から日本に渡り、神戸に暮らして七十六年。九十一歳のオモニが逝った。わが一族で、そして私が知る人のなかで最後の、在日一世の後世への旅立ちだった。オモニを荼毘に付した最新の火葬場で、におうはずのない煙のにおいを再び感じた。いまもそれは鼻の粘膜にじっとりと沁みこんでしまい、悩ましくも離れない。

あばた

気象庁が、今年の夏は統計を開始した一八九八年以降もっとも暑かった、と発表した九月の半ば、わたしは民族組織のイルクン（専従）をやめる決心をした。青年運動の時代から数えれば三十一年。これは人生最後の一大決心だ、と武者震いした。もちろんわたしは、わが組織が掲げる分断された祖国の統一、外部勢力の干渉に反対する韓国の自主化・民主化という綱領を支持していることに変わりはない。そして、これまで韓国の軍事政権からの厳しい弾圧と圧迫に屈することなく運動を展開してきた歴史は、誇るにたるものだ、と信じている。それに、わたしと組織の同僚や先輩、後輩たちとの関係は、おおむね良好で、彼と彼女らは生涯の友人たちであり続けるはずだ。だから組織と関係を絶つ気はまったくない。イルクンをやめても会員として義務を果たし、権利を行使していくつもりでいる——。

「で、どうやって食べていくの?」

夕食を終えたテーブルで、妻が表情を変えず、静かにだが、きっぱりといった。彼女は、今年のはじめから金・土・日の週三日、〈むくげ亭〉という焼肉屋へ夜のパートにでている。昼間は都立学校の社会科非常勤講師としてフルタイムで働く。加えて月に三日ほど、特別支援学校付属の寄宿舎で夜勤もする。そうまでするのは、子どもたちを朝鮮学校に通わせているという事情があるからだった。大学まで日本の学校に通ったわたしたちは、朝鮮人なのか、日本人なのかに揺れ、そのあげく朝鮮人嫌いの朝鮮人として、自分が誰なのかがわからなくなる、というアイデンティティの危機と苦悩をさんざん味わってきた。だから子どもたちにそんな経験はさせたくない、と朝鮮学校へ送った。だが、子どもたちが高級部に入り、朝鮮大学校に進学することになって、大幅に増額した授業料と学費が家計をかなり圧迫していた。長男が朝鮮高級学校の三年に進級し、次男が入学したとき、高校無償化が実施されることになった。それに小躍りしたのもつかのま、朝鮮高級学校はその適用から除外されてしまったのだ。妻の激烈な怒りは、もちろん日本政府に向かった。とはいえ、その何分の一かは、甲斐性なしのナムピョン（夫）にも降りかかってきていた。

わたしはぐっとつまる。そう、確かにわたしには、同年代の正規職労働者に比べれば少ない額とはいえ、活動費が毎月支給されていた。だが、やめてしまえば組織からの活動費ほどの収入が得られる仕事ですら、すでに五十歳を超えたわたしには、ほとんど見込めない。それは、妻がパートを探すとき、わたしに同行を強要したハローワークで確認済みだ。収入は激減するというより、仕事にありつけるかどうかさえおぼつかないのが現実だ。

「いや、まあ、なんとかするよ……」

そういってみたものの、確たるあてがあるわけではない。言葉は弱々しくふたりのあいだをさまよいながら、妻の強い視線に迎撃されて、あえなく墜落した。

「甘い！　あんたみたいに、運動しか知らない人が、この厳しい世間で、人並み、ああ、違うな、その半分ほどの給料でも稼げると思ったら大間違いだね。娑婆は、あんたを甘やかしてくれないよ」

「いや……運動だってずいぶん厳しいんだけどな。仁川《インチョン》空港で国家情報院の要員に連行されかけたこともあったし……」

口のなかでもごもごと反論しつつも、第一ラウンドはサンドバック状態だった。ふらふらになったが、心は折れていない。組織の委員長を相手に、第二ラウンドに臨んだ。

「なんでやめるの？」

事務室の応接ソファで話をきりだしたわたしに、委員長があきれ顔でいった。

「あの、誤解してほしくないんですけど、運動をやめるんじゃなくて、イルクン活動に区切りをつけたいというだけなんで……」

「うーん、さっきからいろいろ語ってはいるけど、本当にこの運動と組織が正しいと思っているなら、イルクンという最高の活動環境を手離すことはないよ。イルクンをやめることは、活動する時間が減ることだろ。さっきお金の問題じゃないともいったけど、だったら、やめる理由がないんじゃないの？」

「いえ、それは……」

口ごもりながら言葉を探した。自分の論理がどこか破たんしていることがわかる。うつむくしかなかった。テーブルのむこうにある、委員長のマグカップを焦点が定まらぬまま無意識に見つめた。しばらくすると、カップに委員長の手がのびて、視界から消えた。もう冷めているだろうコーヒーをすする音。ごくりと鳴る喉。ふーっと吐きだされる息。コトリとカップは、またわたしの視界に戻ってきた。気まずい沈黙は続く。自分と相手の息づかいだけが聞こえていた。

「……やめてなにするつもり?」

あきらめをふくんだ声音が耳に届く。この人とは、わたしが大阪ではじめて組織に参加したときからのつきあいだ。この先輩が大阪環状線、天満駅近くのスナックで、さんざん水割りを飲ませたあげく、イルクンになれと、わたしの肩をたたいた。妻よりも、つきあいは、長い。

「書きたいんです」

「えっ?」

「小説を書きたいんです。書くことを生活の中心にしたいんです」

「ふーむ……」

〈日本でいちばん小さな文学賞〉と、選者たちさえ認めるL文学賞に短編小説が入選した。

一九二〇年に朝鮮で生まれ、二十歳のときに戦時強制動員で日本に連れてこられたアボヂ。日本の朝鮮植民地支配によって運命を歪められ、故郷から引き剥がされたアボヂの生涯に、自分と家族を重ねて物語を紡いだ。その動機――モチーフは、棺が火葬炉に吸い込まれていくときに襲ってきた、アボヂの記憶が火葬されてしまう！　という痛切な喪失感と後悔だった。

エドワード・サイードの自伝、『遠い場所の記憶』の冒頭の一節にはこう記されている。

《どの家族も親と子供を創作するものだ。各人にそれぞれの物語を与え、運命を与え、さらには言語さえも与える》

アボヂの物語――記憶をほとんどなにも受け取らなかった。いや、若いときには、それを拒否し、否定したかった。ようやくそれを記録したいと願い始めたときには、アボヂは語るのを拒んだ。だけど、ゆっくり、時間をかけてと腰を据えようとしていた矢先、向こうへ行ってしまったのだった。サイードの言葉は、私を強く触発した。

――たったそれだけの奴が。活動もまともにできてないのに、ちゃんとしたものが書けるのか……。そんな声が聞こえる。それは紛れもなく、わたしの内奥からの声だった。

けれども、やめたい人間の首に縄をつけて、縛りつけておくこともできない、というところに落ちついた。そんなしぶしぶの承認は、妻と組織に相通じていた。それがちょっとおかしく思えたのだった。人ごとのような不謹慎な態度だといましめながらも……。なんにせよ、専従活動の整理は、すっぱりと気持ちよく進みはしなかった。もちろん、わたし自身が自分の気持ちのなかに、どこかごまかしの臭いをかいでいたのだから、どろりとした嫌な感触を自分にも、まわりの人たちにも残してしまった。

ただ、こうなってみると、ひとりでもんもんと悩んでいるときには、まったくあてがなかった〈飯の種〉が舞いこんできた。それは救いだった。ある先輩の口ききで、パチンコの景品交換所で働けることになった。年末いっぱいで組織の活動を整理して、元日から週四日、シフトにしたがって毎日八時間、巨大水槽のような交換所のガラスの内側に座り続けた。

その一方で、願ってもないことだったが、細ぼそとやってきた文学活動の線から、思いがけず書く仕事が舞いこんできたのだった。

「ちょうどよかった。いい仕事があるよ」編集の仕事をする権美純《クォンミスン》ヌナ（姉さん）は、わたしが組織のイルクンをやめたことを話すと、間髪いれずにいった。「それに、あなたが書くことへとシフトするのはいいことだわ」

美純ヌナは、これまでだれもいってくれなかった、わたしをくすぐる言葉に続けて、熱をこめて話しだした。彼女はライフワークを、在日朝鮮人一世の記憶の語り、オーラルヒストリーを残すことと定めている。それで数年前、大手のS社が出版した電話帳ほどの厚さがある新書『在日一世の語り』の取材、記録、コーディネイトで主導的な役割を果たした。

「S社でね、一世の続編として、『在日二世の語り』の企画が通ったのよ。一世はどこまでいっても朝鮮人そのものだった。けど二世こそ〈在日〉と〈朝鮮人〉がせめぎあう存在、矛盾が凝縮した存在なのね。両親とは朝鮮語の言語世界を共有できず、そのうえ朝鮮と日本の社会と文化からもはじき飛ばされてきた。植民地と侵略戦争、世界戦争と冷戦時代の熱戦だった朝鮮戦争を経験してもいる。日本の厳しい差別にさらされて同化したり、激しく反発したりした身体性があるだけじゃなくて、韓国に留学した青年が〈北のスパイ〉として逮捕され、拷問の末に死刑判決を受けて十何年も監獄に閉じこめられた例もある。それにね、必ず日本人異性との苦しい恋愛と性愛があったのね。日本で生きて、すべてに違和感を抱き続けなければならなかった存在。一世に勝るとも劣らない歴史の証言になると思うの。それにさ、二世だって亡くなり始めているんだ……」

「やります！　やりますよ。願ってもない話ですよ」

「あなた小説書きたいんでしょ」

「ええ、『L文学』に連載して中断したままの『智慧の墓標』に手をいれて完結させたい。あといくつか書きかけがあって、構想中のものもあるし……」

「それをするためにも、この仕事は役に立つと思うよ。第一、取材してお金になるし――」

最初の取材は、秀《ひで》のおじさんと決めていた。

『在日二世の語り』プロジェクトは芸能、芸術、スポーツ、作家、映画監督などの有名人、実業家、政治活動家、在日韓国人政治犯、NPO法人の代表などのほかに、市井《しせい》に暮らす二世にも配分がなされ、総計五十人程度とされた。わたしは、秀のおじさんを筆頭に、組織の現役の先輩や、かつて組織にかかわった人でアートの世界で仕事をしている人に加え、美純ヌナが紹介してくれた就職差別裁判関連のふたりなど、七人の取材対象者を申告して承認された。するとわたしは、その人数に原稿料をかけあわせて、あさましくも、受けとってもいないお金の計算をしたのだった。

秀のおじさんは、わたしの母の弟。九人姉弟の五番目。わたしはS社に送った取材対象リストにこう記した。

《鄭琪煥《チョンギファン》。通名・川上秀男。一九三五年G県K町（現在K市）生まれ。男性。同胞過疎地の在日二世。昭和時代――戦中、戦後を生きた人。日本の敗戦時は十歳なので、そのときの記憶もあるはず。わたしの叔父。さまざまな仕事をしつつ、民族運動にはいっさいかかわらなかった（ようだ）。九人姉弟のうち、ただひとり高校に進学。就職するあてもなく、一時、東京で演劇に打ち込んだこともある、と聞いた。生まれ故郷にもどり、亜炭炭鉱の鉱夫、アボヂがやっていた養豚、ボロ・ブリキ・空きびんなどのボロ屋――廃品回収業を引き継ぎ、くず鉄、銅などの非鉄金属――鉄原料商へと少し近代化させた。その後、焼鳥屋の主人となり、現在にいたる》

知っていることはこれだけ。それも不確かだ。考えてみれば、他者の人生とはそういうものだ。たとえ家族や兄弟、姉妹であってもそれは変わらない。わたしは、秀のおじさんの家と同じG県K町にあった実家に十八歳までしかいなかった。高校を卒業して大阪の大学へ進んだ。

長兄が北陸の国立大学で修士課程を終えて実家にもどったのと入れかわりだった。次兄は秀のおじさんの家に住み、廃品回収の仕事をしていた。姉も実家から会社へ通った。兄姉たちはその後、さまざまな変転があって、それぞれにK町から離れて家庭を持ち、日本に帰化した。そんな兄姉らが、生きる根幹において、なにを思い、どんな風に決断しながら生きてきたのか、実は、わたしはよく知らない。たまに会っても、そんな話をすることもない。兄や姉たちからしても、民族にこだわり、大阪で民族組織に参加し、その後、東京へと組織活動の場を移したわたしのことはよく知らないし、理解できないだろう。だが、そんなひとりひとりの人生が社会をつくり、歴史を編みあげている。在日二世の思いを聞き、書き残す仕事の意義はここにあるのだろう。金のためだけじゃなく、この仕事に、強い魅力を感じ、使命感を覚えていた。

西へ進む新幹線は、熱海駅へむかう長いトンネルに突進した。列車の騒音がいっそう高い轟音にかわって耳を聾《ろう》すると、二週間前、電話で取材を申し入れたときのおじさんのかすれ声が耳の奥によみがえってきた。

「おれの話を聞いてなんになるんや。なんもおもしろないぞ……」

黒い鏡になった窓に、昨年、伯母の葬儀で数年ぶりに会ったときの、白い鼻ひげをたくわえた秀のおじさんの丸い顔が浮かぶ。わたしの顔に、おじさんの顔が重なっている。

「おれは、こんなにもおじさんに似ていたのか……」

夏の日盛り。ぼくは小学生だった。ぼくは、秀のおじさんが運転するトヨエースの助手席にいた。日章産業の砕石山から、砕石を買ってもどるところだった。両脇に夏草が、車の荷台ほどの高さに生い茂る、二トン車一台半ほどの幅の砂利道。ところどころに、車がすれ違えるように道が広げられている。国道にでる手前の交差用路肩に車が止めてあった。幅寄せが十分じゃなくてこちらの車は通れない。おじさんはいらだたしくクラクションを、なん度も高く長く鳴らす。けれど相手の車の運転手は現れなかった。おじさんは車をおりて、止まっている車を確かめにいった。しっかり戸締りされた車を動かす術がなかったらしい。おじさんは、その車のタイヤを蹴りあげて、ぼくにさえも怒鳴りだすんじゃないかと思えるほど怖い顔で、運転台にもどってきた。おじさんは、さっきよりも、さらに長くクラクションを鳴らした。ぼくの耳のなか全部が、クラクションの音に占領された。けれどそれに負けないほどの大声が、車の後ろのほうから聞こえた。

「こらっ、うるさいわ。お前、こんなに空いとるに、よう通らんのか！　免許なんか捨てちまえ！」

おじさんと同年代の赤ら顔で、がっちりした体つきの男が草陰からあらわれた。

「いけんで、鳴らしとるんや！　はよ動かさんか！」

おじさんは運転台から、手を伸ばして相手の後頭部を力いっぱいこづいて、相手を止めてある車のほうへ押しだした。

「うおらぁ」

「なんじゃい、おぉ」

ふたりは同時に獣のようなうなり声をあげた。秀のおじさんが車から飛びだして相手に組みついた。相手もひるむことなくおじさんの力を受け止めた。ふたりの顔が真赤になっている。こん身の力で相手をねじ伏せようとしている。組みついているので、手がつかえない。足をくりだして、片足でけんけんするように、蹴りあっている。けれど、互いにうまく当たっていない。砂利道がふたりのエネルギーの爆発にあわせて、ざっざっと鳴りながら、土ぼこりをあげる。大人のケンカをはじめて見た。ぼくの舌と躰が凍りつく。フロントガラスのむこうのできごとを、おじさん負けるな！　と祈りつつ、小刻みに震えて見つめていた。

なにかの拍子に組み合っていたふたりが離れた。互いに相手を打ち倒そうと身構え、突進しようとするせつな、秀のおじさんが叫んだ。

「おのれ！　朝鮮男児を知らんな！」

「おれも朝鮮や！」

怒号が交錯した瞬間、ふたりは「えっ」という表情になった。その場の殺気が蒸発した。

「お前、朝鮮か?」

「おお、それがどうした」

「おれはK町の川上や」

おじさんが声と躰をやわらかくしていった。

「ほうか川上さんか。おれはN村の金田やけど」

「なんや、あそこの金田さんとこか……。なあ、ここは道のまんなかや、むこうへいって話そうや」

「おう、ほうやの」

ふたりは、草の陰になっている路地へと入っていった。ぼくは意外な結末に、ほっとして車から降りた。まわりを見ると、こちらと、あちらの車のうしろに、数台の車がこの騒ぎが終わるのを待っていた。その車の運転手たちは、ぼくと同じように、おじさんたちの殺気だった格闘を息をひそめて見守っているようだ。五分もしただろうか。ふたりが笑いながら道へでてきた。

「ほんならな、気をつけていってくれ」と相手の声がして、秀のおじさんが「こんど連絡するわ」と答えた。おじさんがハンドルを握った。相手の車とすれ違うとき、プッと軽くクラクションをたたいて、敬礼するように合図を送った。むこうの車のフロントガラスのなかに、白い歯が見えた。

「やっぱり朝鮮は強いわ……おれと互角やった」

おじさんは満足そうに笑って、車の速度をあげた。

新幹線が熱海駅を通過する。窓に映っていたわたしの姿が、冬晴れの陽光にかき消された。そして、またすぐにトンネルに突入すると、窓はまた黒い鏡になった。わたしに重なって、秀のおじさんの丸い顔が浮かびあがった。

あれは夏の夜だった。ひとつ進級した小学生のぼくは、秀のおじさんに連れられて、名古屋の中日スタジアムに巨人対中日戦のナイターを見にいった。その日は外野の自由席じゃなく、低い背もたれがついた三塁側の内野指定席だった。観客席は巨人戦だからぎっしり埋まっている。試合が始まる前、焼きそばとコーラを買ってもらった。おじさんはビールだ。

「これより、中日ドラゴンズ対読売巨人軍の試合を開催いたします」

きれいに澄んだ女の人の声でアナウンスが入ると、拍手と歓声がわきあがり、球場の雰囲気は一気に高まった。おじさんもぼくも、巨人を応援している。その理由は、巨人軍の監督が川上だからだ。おじいちゃんが、同じ名字の川上を、現役時代から応援していた。川上家が巨人を応援するのは、ぼくが生まれる前からの決まりだ、と小さいころに聞いたように思う。大人たちが巨人を応援するから、ぼくも自然と巨人ファンになった。中日ファンが圧倒的に多い学校で、少し肩身のせまい思いをしたけれど。秀のおじさんと同じく、ぼくも王より長嶋が好きで、大のファンだった。

両軍のスターたちがベンチ前に整列した。長嶋、王に黒江、森も見える。

「試合に先立ちまして、君が代を斉唱して日の丸を掲揚します。みなさま、ご起立ください」

またアナウンスがみんなに告げている。ぼくは学校でいつもやっているように、勢いよく立ちあがった。校長先生は朝礼のたびに、国民の祝日には日の丸を掲げましょう、といっていた。家には日の丸がなかったので、お父ちゃんに頼んで買ってもらい、掲げる係はぼくだった。これでまわりの家と同じになったと喜んだ。いまだって、まわりの人はみんな立っている。ところが、だ。秀のおじさんは座ったままだった。

「おじさん、立たな」

「おれは立たんよ」

「ほんでもおじさん、みんな立っとるよ」

「なんで立たなあかんのや?」

ぼくはそれを聞いて、どうすればいいかわからず、中腰になった。歌が始まった。なにかに挑みかかるように座り続けるおじさんと、うろたえて中腰になったぼくの眼の高さは、だいたい同じだった。おじさんの顔が正面にある。精悍な顔のなかにある眼が、去年の夏、砕石山の帰りにあったケンカのときのように、強く光っている。総立ちの観客のなかに、秀のおじさんとぼくが、そこだけぽっかりとへこんだ、あばたをつくっていた……。

列車は浜名湖上の鉄橋を疾走する。強い風にひだをつくっている水面に、陽光が反射して煌《きら》めいていた。いま思いかえしても、秀のおじさん一家の暮らしは、民族へのこだわりの色はそんなに強くも濃くなかった。おじいちゃんの通名は川上一郎で、それにはまるで朝鮮の痕跡がない。見事なほどに日本的な名前。それが川上+巨人ファンの根拠だったのだが、〈川上一郎〉という名づけに、植民地主義の残酷な悪意がこめられていたことを知ったのは、ずっと後のことだった。

秀のおじさんの、つまりわたしの母の父であるおじいちゃん＝外祖父の本名は鄭熊述《チョンウンスル》で、一九八一年に八十五歳で後世《ごせ》へと旅立った。外祖父は一九二四年ごろ、植民地朝鮮での生活苦のため、先に日本にきていた異母弟を頼りに単独で渡日し、富山県などで土木作業に従事した。すでに結婚していたので、その後、妻と生まれて一歳に満たない長女を迎えに朝鮮に戻り、彼女らを連れて再び富山県に戻っている。この赤子がわたしの伯母で、一九二五年生まれ。次女がわたしの母で一九二七年に富山県で生まれた。わたしの母の本名は鄭順香《チョンスニャン》、結婚前の通名を川上好子といった。母に確かめたところによると、「生まれたときから川上を名乗っていて、朝鮮の名前なんか使わなんだ」とのこと。「じゃあ、おじいちゃんの通名、〈川上一郎〉はどうやってつけたの?」と聞くと、「役場の人がつけてくれたみたい」といっていた。朝鮮総督府がすべての朝鮮人に日本風の家の称号＝氏をつけ、名前を改めるように強制した創氏改名は、一九四〇年の施行だ。だから〈川上一郎〉の名乗りは、創氏改名の強制よりも、少なくとも十年以上は早いことになる。母の言葉から確実にいえることは、外祖父・鄭熊述の〈川上一郎〉の名乗りが、創氏改名とはまったく無関係で、本名とはなんの連関性もない、ということだ。そして、不確実ではあるが、本人ではなく、日本人が彼らの便宜上、日本式の名前を祖父に与えたらしいということだ。

この疑問に明快な答えを与えてくれたのが、母との対話の直後に読んだ、朝鮮植民者二世の詩人、村松武司（一九二四—八三）が朝鮮植民者一世の母方の祖父からの聞き書きと、村松の〈植民者の目〉という論考で編んだ『朝鮮植民者—ある明治人の生涯』（三省堂、昭和四七年）に所収された「ある朝鮮人の『創氏改名』」という文章だった。

《手配師は彼らを一〇人単位の班にわけたあと、次のように言った。「はじめの者から順番に名前をつけよう。なんにしようか。……よしきた、はじめが一郎、次が二郎、その次は三郎」。吉北一郎——ヨシキタ・イチロウはその筆頭であった》

まさに、眼からうろこ、だった。村松は続けて、創氏改名の強制には、日本側の政治的意図があったと指摘する。

《だが、それだけではない。日本人側から朝鮮人を日本名で呼ぶとき、あるいは日本名を名づけるとき、なにげない残忍なゲームがあったことを指摘しなければならない》

村松にならうなら、〈川上一郎〉の誕生は、こんな風であっただろうか。

釜山から下関に着いて、鄭熊述は弟がいる富山県の庄川水電堰工事の飯場へ向かった。飯場は庄川に沿って三棟並んでいた。一棟に十人ずつ入るようにいわれ、川上の飯場に入った。すると日本人の親方がやってきていった。

「朝鮮人の名前はわからん。わかりやすい方がいいからおれが名前をつけてやる。背の順番に並べ」

大男の熊述は先頭に立った。

「この飯場は一番上流にあるから川上で、お前は一郎」と熊述を指差し、「次は二郎、それから三郎、四郎……」

こうして鄭熊述は、〈川上一郎〉になった。きっと、〈川中一郎〉も、〈川下一郎〉もいたことだろう……。

そしてわたしはまた、はたと気づいたのだった。朝鮮人戦時労働動員＝強制連行で一九四〇年七月八日、下関に上陸した――外国人登録原票の記載による――わたしのアボヂ、黄小岩《ファンソアム》の通名が〈石田亀吉〉だったことの意味に。父方の一族の通名は、祖先の出身地の「昌原《チャンウォン》」と「黄」を組み合わせた「黄原」だった。これを知ったのはアボヂの死後、彼の来歴を調べに実家へいき、几帳面に保管されていた古い手紙類のなかにあった、昭和十九年（一九四四年）七月十九日付の「（慶尚北道）達城郡玄風面長　綾田秀雄」が発行した戸籍謄本を見つけたからだ。そこには「黄原」という氏に続いて「小岩」という名が記してあった。もちろん「黄原」も植民地暴力による強制だが、その「黄原」さえも否定された〈石田亀吉〉には、「岩」を否定されて「石」にされ、のろまな「亀」と嘲弄できる、もっと残忍な悪意がこびりついている――と思えるのだ。この〈日本人製の名前〉の意味を知らず、わたしは朝鮮を嫌い〈石田英治〉として十八歳まで生きてきた……。

わたしはおじさんに聞きたい。小学生のわたしに鮮烈な印象を残し、四十年以上経ったいまも細部までも記憶する、砕石山からの帰り道でのケンカ相手との突然の和解、中日スタジアムでの日の丸、君が代を拒否して着席した真情を。わたしが秀のおじさんを、『在日二世の語り』の取材候補者リストの一番にあげたのは、こうした記憶の検証と、その出来事の記録のためだった。

その日の早朝、秀のおじさんは心筋梗塞の発作を起こして緊急入院していた。

昼下がりにK駅についたわたしは、十万人都市の玄関口にしては数台のタクシーが客待ちしているだけのあまりに閑散として、殺風景な駅前の電話ボックスから、子どものときから変わっていないおじさんの家の番号をプッシュした。だれもでない。おおよそK駅につく時間は知らせてあった。それなのに不在。胸がざわついた。携帯の番号を聞いておくべきだったと舌打ちしたが、おじさんの家までは歩いて二十分ぐらい。とにかく、と思い家へむかった。県道バイパス脇の焼鳥屋・桂は玄関を固く閉ざしており、中に人がいる気配はなかった。せまい駐車場をまわって勝手口へいこうとしたとき、おじさんの着替えを取りにもどった慶子おばさんと鉢あわせした。

病室の秀のおじさんは、意識はしっかりしていたが、発作によるダメージは痛々しい。

「せっかくきてくれたに、悪かったな」

「なにをいうのおじさん。取材なんかいつでもできるで、とにかくいまは元気になってもらわんと……」

わたしはもともと、秀のおじさんの取材を終えたら、二月一日から同じ市内の山すそにある特別養護老人ホーム〈杜の広場〉に入所した八十四歳の母に面会するつもりでいた。

「取材もほうやけど、おかあちゃんに会うためにも帰ってきたんやで、あんまり気にしんとって」

「そんなこといっとったな。お前のおかあちゃんに、おれが入院したことといわんでええぞ。好子さんにむだな心配させるなよ」

そういえば、とわたしは、病院から〈杜の広場〉へ歩きながら、思いいたる。母も在日二世なのだった。一世の父が八年前に後世《ごせ》へ旅立ったように、二世の母も、おじさんも、そんなに遠くない未来に、あちらへいってしまうのだ。

《なるほど、人間は死ななければならない》

死について、思考する、というほどではないけれど、遠くにいる懐かしい人が逝ったときや、近くにいるかけがえのない人たちの死を想像しておののき、やがてくる自分の死を思うとき、いつもこの言葉が思い浮かぶ。ユダヤ系の政治理論家のハンナ・アーレントの『人間の条件』という大部の本にある、この一節。この本になにが書いてあったのかはほとんど忘れているが、希望の淡い光を、アーレントにしては珍しく降らしていると記憶した言葉が、これに続く。

《しかし、人間が生まれてきたのは死ぬためではなくて、始めるためである》

その日、そのとき、わたしはパチンコ店の脇につくられた景品交換所にいた。客がとぎれていたので、組織の新聞に掲載する書評のために『金大中自伝Ⅱ』を読んでいた。ごとり、と聞きなれぬ音がして、交換した景品の束がはね踊り始めた。とたんに激しい横揺れ——。地震だ！　大きい！　キャスターのついた椅子ごと、左右に揺さぶられた。その拍子に、分厚い本は床にばさり、と音をたてて落ちた。

交換所の前の路地に、店から逃げだしてきた客と、近隣のオフィスビルからの人びとがあふれだした。みんな近くの公園へ避難しようとしているようだ。でもここにはまだ六百万円近い現金がある。それをどうするか。もっていくのか、それともだれかにきてもらうかと思案していると、また激しい横揺れがやってきた。つけっぱなしにしているFMラジオがクラシックの番組を中断して叫び始めた。

「午後二時四十六分ごろ、三陸沖を震源とする強い地震が発生しました。津波が発生する恐れがあります。沿岸部と河口近くにお住まいのみなさんは、ただちに高台に避難してください」

「関東、甲信越、東北地方の広い範囲に、緊急地震速報が発令されました。強い揺れがくるおそれがあります。ただちに安全を確保してください。使っている火の元は消してください。落ちついて行動してください」

三度目の横揺れがきた。わたしは現金をトートバッグに突っ込んで、景品交換所の三重の施錠を確かめて、近くの公園へむかって走りだした。


仙台在住の組織の会員、辛孝錫《シンヒョソク》先輩と朴鍾鎬《パクジョンホ》さんの無事が確認された三月十二日、福島第一原発一号機で水素爆発が起こった。その日から連日、福島原発では水素爆発が起こり、事態は深刻さを増していた。わたしはG県K市の実家への避難を真剣に考えた。ところがいざ条件を探ると、妻の仕事、子どもたちの学校、暮らしのめど、周囲への説明などに困難がある。放射能への恐怖を抱きながら、まだ大丈夫だ、と自分にいいきかせるようにして、そのプランを放棄した。それが正しかったのか、間違っていたのかの判定は、放射能が相手であるために、わたしと妻が死んだあと、子どもたちの世代にしかできないのだろう……。

辛さんは、わたしが『在日二世の語り』の取材対象者リストにあげているうちのひとりだった。この人の人生も、必ず記録されるべきだと考えていたから、彼の無事が確認されたときの喜びは、ひとしおだった。わたしは、S社へ送った取材対象者リストにこう書いた。

《一九五二年生まれ。仙台の大学で入管法反対闘争を中心にした学生運動をして逮捕。留置されていた警察の取り調べで、公安刑事から父が済州島出身の朝鮮人であることを知らされた。それまで、自分が「純粋」日本人だと思っていたので衝撃をうける。その後、自身のアイデンティティを模索するなかで在日韓国青年同盟に参加。鍼灸師の資格をとり、一九八〇年代の初め、ニカラグアのサンディニスタ政権を支援する意味も込めて、同地で鍼灸治療に従事した》

不気味な余震がつづくなか、「計画停電」が強行された。これまで余震のたびにひどくおびえていた次男が、震度3程度なら平然としている。余震が日常となった。それと軌を一にして、テレビを「頑張ろう！　ニッポン」が、支配し始めた。芸能人が「日本は——」「日本人は——」を連呼する。テレビは、被災地や、放射能の恐怖におののく人びとのなかに、在日朝鮮人をはじめ、在日外国人がいることを、あえて見ないように、見えないように、させていた。

組織から四月下旬、辛孝錫先輩と連携して宮城県亘理《わたり》郡山元町の避難所で朝鮮式雑煮のトックッで炊き出しをする、との連絡がはいった。わたしは志願して炊き出し隊に加えてもらった。被災地をこの眼で見ておきたかった。未曾有の事態の現場を胸に刻み、自分ができることをしたいと願った。そして辛先輩を取材したかった。炊き出しに参加することが決まって連絡すると、炊き出しのあとで取材することを承諾してくれた。

四月二十七日夜、わたしをふくむ炊き出し隊二十一人は、組織の事務室に集合した後、四台のワンボックスカーに分乗して、東北道をひたすら北上した。翌日の朝、仙台南インターで辛先輩ら仙台組と合流し、彼らの先導で、車内から仙台市の若林区や名取市の閖上《ゆりあげ》地区の惨状を見ることになった。テレビでなんども見た、怒りに駆られた怪物のような津波が破壊しつくした街。地震と津波からひと月半が経過しているのに、陸地に打ちあげられた大小の船は、まだそのままだった。流された家の土台にせき止められてうず高く積み重なり錆びかけてつぶれた自動車と、さまざまな生活用品が瓦礫の山をつくっていた。わたしにとってひどく印象的だったのは、有料道路の高架からの遠望だった。津波が押し寄せた水田の稲の切り株のほとんどにレジ袋がひっかかっていて、不思議な模様を描いている。あの袋ひとつひとつが、泥と砂にまみれて失われた命の痕跡のように見えた。同時に、レジ袋に象徴されるわたしたちの暮らしの、荒涼さに胸が衝かれた。

《パット剥ギトッテシマッタ　アトノセカイ》

原民喜が「夏の花」で、原爆投下直後の広島を描写して、《この辺の印象は、どうも片仮名で描きなぐるほうがふさわしいようだ》と前置きして記した一節がそのままあてはまる。阪神淡路大震災の一週間後、辛うじて焼け残った神戸・長田の組織の事務所に泊まりながら、救援物資を配達し、燃えつきて消し炭の匂いが残る街をさ迷い歩いたときにも、原民喜のこの言葉を思いだしていた。そのときの記憶がふっとよみがえる。新長田駅前にあった叔父が経営し、兄が勤めるケミカルシューズの問屋が全焼して、コモブ――わたしのアボヂの妹の夫――は崩れた家の下敷きになって亡くなった……。

宮城県亘理郡山元町の山下中学校の避難所に到着した一行は、機材と食材をおろす。荷物で一番多く準備したのは水だった。二十リットルの容器を十本。まだ避難所の断水が続いているとの情報にもとづく準備だった。幸いなことに、水道は復旧していて、水に餅をひたす工程を省かなくてすんだ。辛さんが町内会から借りてきたテントを張り、トックッ三百人分の準備にとりかかる。トックッをつくる手順を炊き出し隊に説明する段階で、避難所の人たちが列をつくり始めた。地震と津波で、家族と家、生活の基盤と暮らしをごっそりと奪われた人たち。悪夢ならさめるが、さめぬ現実を生きねばならぬ人たち。お年寄りが多い。ここに在日同胞はいない、ということだった。

辛さんは、別にテントを立てて、足裏のお灸と痛むところへの鍼、マッサージの準備を始めた。体育館の固い床での慣れない生活で躰が強張っているお年寄りのためのプロジェクトだと聞いていた。

避難所の人たちの列が長く伸び続ける。十一時半からの開始予定だったが、寸胴《ずんどう》で出汁《だし》が取れた十一時過ぎからトックッとキムチの配布を始めた。

カセットコンロ十台に鍋が十個。コンロひとつに、ひとりがついて調理をする。寸胴から出汁を鍋に取って、沸いたところで餅を入れる。煮立って餅が浮いてきたら、前日あらかじめ刻んでおいたネギと溶き卵をいれ、卵が半熟状態になったら、スチロールのどんぶりへ。最後に、これも前日調理しておいた牛そぼろときざみ海苔をのせて完成させる。ひと鍋で二人前ができる。

避難者に加えてクラブ活動にきていた中学生たちも列に並び、トックッがはいったスチロールのどんぶりを受けとった。

「おいしいよ、これ」

「韓国の料理なんだね、はじめて食べたよ」

「温かいものがいいね」

「ほんとうにありがとう」

トックッを食べ終わったお年寄りたちが、辛さんのテントで柚子茶を飲み、順番をまって灸と鍼、マッサージを受けている。流されてしまった家のこと、離れ離れになった家族のこと、そして逝ってしまった人のことが、問わず語りに話される。辛さんは律儀にうなずき、あいづちをうつだけ。ずっと聞き続けている。

夕刻、わたしは炊き出し隊が東京へ帰っていくのを辛さん夫妻と見送った。辛さんが方々から借りてきた機材——大型コンロ、LPガスボンベ、寸胴、テーブル、パイプ椅子、テント、ポリタンクなどなど——と、それを積んでいた二トン車のパネルバンのレンタカーを返し終え、棒のようになった足をひきずるようにして辛さんの家に落ち着いたのは、午後十時をまわっていた。わたしは昨晩、高速道路の移動で一睡もしていない。辛さん夫妻も炊き出し準備でへとへとだった。それでも、このまま眠ってしまうには神経が昂ぶりすぎていた。

少し残ってもち帰ったトックッとコンビニで買ってきたおにぎりと惣菜、ビールで遅い夕食をとりながら、今日の炊き出しのことや、震災からのひと月半ほどのできごとを話しているうちに、わたしにひどい鬱屈が襲ってきて、それを辛さん夫妻に感染させてしまった。

もとより、最初から鬱屈していたのではない。薄い口ひげに丸眼鏡、その奥の細い眼をときどき見開きながら、辛さんが東北なまりでとつとつと語り始めたことは、再生へのほのかな希望を灯らせるものだった。

「わが家は被災したといってもさ、市内だから家が流されたり、壊れたりはしなかった。だけどね、こんどの地震と津波で、子どものときの記憶の場所、親戚が住む山元町が壊滅してしまった。現役を退いたら土地買って暮らそうと思っていた生まれ故郷なんだけどね、いとこ夫妻が流されて命を落とした……」

「今日、炊き出ししたあの地域ですね」

「そう。有名被災地、といったら語弊があるけど、南三陸や女川でなくてあそこで炊き出しをしたのは、そんな、まあ、わたしの強い思いがあってね……」

わたしは眼を伏せてグラスの底に残っているビールを飲み干す辛さんにわかるよう、何度も深くうなずいた。

「三・一一の後、ひと月ぐらいはふぬけ状態でぼう然としていた。けど震災直後に組織が義援金を持ってきてくれて、炊き出しの計画ももちかけてくれた。それが背中を押したんだよ。で、自分の鍼灸の技術を活かして、四月から毎週日曜日に〈山元町鍼灸プロジェクト〉を避難所で始めたんだ――」

ビールを芋焼酎の湯割りに変えた辛さんは、治療にくる人はみんな話したがっている、と教えてくれた。

「わたしがそうだけど、きっと多くの人は、震災で失ったものはなにか、実はまだ本当にはわかっていないからね」

「そうなんですね……」

「被災者たちが避難所の隣人と、失ったものについて、無意識に語り合う。でもそれがひとわたりすると、反復になるので話しにくくなる。それで外からきた者に、自分の体験の意味を確かめるために話す、と思うんだ。だからさ、聞き役に徹するんだよ、わたしは。こちらから問わない。それが礼儀。体験をよく話す人もいれば、いっさい話さない人もいる。軽々しく聞いちゃいけない……」

うんうん、とうなずきながら、わたしは昼間、治療をしながら、ただ聞き続けている辛さんを思いだしていた。

「鍼灸の治療は、すべてがつながり変化するという考えが基本。灸をしたり、鍼を打ったり、整体するだけじゃなく、患者さんの心に積もる思いを聞くことも治療だし、聞かないことも治療なんだよ。もちろん正確な治療のために脈を取り、躰の状態については、問診するけどね。生まれ故郷で細々とだけど、震災で傷んだ心と躰をほぐしてあげることが、わたし自分の傷んだ心を癒すことにもなる。始めたばかりだけど、避難所がある限りは続けるつもり……」

かたわらで辛さんの妻、富美子さんが大きくうなずいた。かすかな希望を探しだした表情に思えた。わたしは、喉元を越えようとしていた思いを飲みこんだ。日本人の富美子さんは辛さんの学生運動時代からの知人だ。辛さんがルーツを思いがけず知らされ、アイデンティティに苦悩しながら、脱出口として在日の青年運動に没頭しているさなかに結婚した。辛さんにとって、富美子さんの理解と同意がなによりのエネルギー源なのだと、聞いたことがあった。富美子さんが辛さんの言葉を引きとった。

「それともうひとつ、女川町の離島、出島《いづしま》にある〈女川町立女川第二中学校の全生徒十三人の支援プロジェクト〉を立ちあげたのよ。欲張っているようだけど、できるのにやらないと後悔する。精一杯やっておかないと。ね、辛さん」

「うん。女川にも縁がある。そこは元日本軍『慰安婦』の宋神道《ソンシンド》さんが戦後、ずっと住んでいたとこでね、わたしは彼女を支援するため十五年ほど通ったんだ。宋さんの自宅は津波で跡形もなくなった。彼女は幸いにも愛犬ともども難を逃れて東京へ避難した。それと女川第二中学で大学時代の同級生が先生をやっていてさ、一緒にニカラグアへいった人なんだよ。彼女に被害状況を聞いて、二中生徒へのピンポイント援助を思いついた。出島は今度の津波で海岸部の集落は数軒を残してすべて津波に流されちゃった。なにもかも失くした中学生の彼、彼女らに卒業までは、エンピツ一本、消しゴムひとつ、上履きの一足でも渡しながら、責任をもって支援をする。それは女川町への、宋さんに深くかかわった者として、お返しというか、そんな気持ちもあるんだよ」

「辛さんの話を聞いていて、ハンナ・アーレントの言葉を思いだしましたよ。彼女は、《人間が生まれてきたのは死ぬためではなくて、始めるためである》というんです。続けて《破滅を妨げ、新しく始める能力がなかったとしたら、死に向かって走る人間の寿命は、必ず、一切の人間的なものを滅亡と破滅に持ち込むだろう》と――。それをわたしは、始める力を信じる！という風にまとめるんですけどね。辛さんの活動は、まさにそういうことですよね」

「始める力を信じる！　うん、そうだよ、そういうことだね」

「でもね、辛さん、〈始めさせない力〉もとてつもなく強いですよね」

辛さんと富美子さんがきょとんとしてわたしを見る。

「ほら、宮城県が震災の半月後に、東北朝鮮初中級学校の校長を県庁に呼びだして補助金の打ち切りを通告したでしょ」

ふたりは合点がいった表情になった。

「去年あった朝鮮の延坪島《ヨンピョンド》砲撃に対する『県民感情』が、朝鮮学校への補助金支給を許さない、というのが理由。でも、砲撃が朝鮮学校となんの関係があるんでしょう。今度の地震で東北朝鮮学校の校舎は全壊した。そこを狙って朝鮮学校をなくそうとしているとしか思えないじゃないですか」

「うん、これには心底怒ったね。朝鮮人も地域の住民だし、税金を納めている市民なんだ。差別を感情で正当化するなんてとんでもないよ。県庁に抗議電話を入れたけど、それ以上のこともできないでいる……」

「わたしも東北朝鮮学校に義援金を送ることしかできていないんですけどね……。いま〈絆〉ということが盛んにいわれているけど、この〈絆〉は、朝鮮人には補助金と同じように、あらかじめ断ち切られている……」

「それがこの国、この社会の地金ね。国民以外の存在を消して、被災者は日本国民だけだという虚構を生産する」

「そうですよね。こんどの大震災は原発の爆発をともなった〈核〉の大震災ですよね。天災が人災を極限にまで肥大化させた破壊。その被害は全世界的な規模なのに……。これは社会の破壊に連動しているみたいです。官の宮城県が被災者の朝鮮人、被災施設の朝鮮学校への敵意にもとづく差別を『県民感情』で正当化し、民の宮城県のマジョリティは傍観する構図」

「でもね、わたしが知る限りの日本人は、そんな『県民感情』なんてない、って怒っている。

でもいま朝鮮学校への差別撤回が中心課題にならないんだね。他にやることがありすぎて、ということなんだが……」

「でも、この差別のスルーが怖い。おと年、K市の朝鮮学校にZTグループが『こんなものは学校じゃない』『スパイの養成機関、朝鮮学校をたたきだせ！』って、襲撃したでしょ。それと今回の宮城県の所業って通底する。ナチスの経験が示すように、朝鮮人を傷つけ殺しながら、やがて中国人、アジア人、君が代を歌わない奴、子どもを生めない女、障がい者、同性愛者、戦争に行けない年寄り……を〈殺せ〉までには、ほんの一息。福島原発の重大事故が進行中なのに、他の原発は稼働したまま。それがまたやってくる大地震で、今回以上の全的破滅をもたらす……。でも、〈破滅を妨げ、新しく始める能力〉を信じて、わたしも書くしかない。だから先輩の取材にきたんです……」

わたしたちは、まがまがしい未来予想図を転覆させられない鬱屈を抱えたまま、床についた。疲れがひどくたまっている。午前一杯は眠ることにしよう、と申し合わせて。

翌日は、楽天の仙台での開幕戦を観戦することになっていた。辛さんが偶然手にはいったチケットがあるからと、取材を申し込んだときに伝えてくれていた。富美子さんは震災後はじめて召集される短歌結社の会合に行くので、わたしと辛さんだけが球場へむけて家をでた。辛さんの取材は、野球観戦が終わって、一杯やりながら。それで不足があるなら、翌日の午前中も時間をとってくれることになっていた。

四月二十九日、かつての天皇誕生日。楽天の本拠地、仙台クリネックススタジアム宮城で震災のあと、初めて開催される楽天ゴールデンイーグルスの公式戦。対戦相手はオリックスだ。

球場のまわりは入場をまつ人波で埋まっていた。楽天カラーの赤を基調としたテントに「がんばろう！　東北／がんばろう！　日本／食と観光とスポーツでニッポンを元気に」と書かれたブースがつくられていて、多くの人が列をつくっている。がんばろう！　日本か。口のなかでそれをつぶやくと、苦い唾が固まる感じがする。主語はいつも日本。日本行政の救済からはじかれた在日朝鮮人、朝鮮学校、在日外国人……。それをやり過ごして少し行くと、大きな日の丸を高く掲げている青年のまわりに、手に手に日の丸の小旗をもった十人ほどの集団が、小旗で結界をつくるように集まっていた。わたしと辛さんは顔を見合わせて眉をひそめた。あの集団には近づきたくないね、と辛さんが吐き捨てるようにいうのにうなずいて、そこから離れた。あいつらホーム側のレフトへいくだろうから、ビジター側のライトへいこう、と辛さんが提案した。ところが日の丸集団はライトの入口へやってくる。いまさら戻れない、とあきらめて、ライト側の外野席入口から球場へ入り、通路の上側の自由席をめざした。

球場は超満員だった。鬱屈は尾をひいているが、それはそれとして、わたしも辛さんも、先発の田中マー君が見られることに興奮していた。まわりを見回したが、日の丸集団は眼の届くところに確認できなかった。緊張が少しとけた。被災以来の重苦しさを、球場の祝祭的雰囲気が拭ってくれるようで、辛さんはうれしそうに顔をほころばせている。

「これより開会式を開催します。それに先立ちまして東日本大震災で犠牲になられたみなさんに一分間の黙とうを捧げます。みなさん、ご起立をお願いします」

女性アナウンサーの澄んだ声で球場全体に厳粛な空気が流れ、人びとが立ちあがるさまざまな動作が生み出す音が充満した。立ちあがってジャケットのボタンをかけた。ざわめきが天空に吸い込まれていき、静寂がやってくる。

「黙とう」

同じアナウンサーが号令をかけるようではなく、やさしくゆっくりと祈りをうながすようにいった。頭をたれ瞑目する。水素爆発した福島第一原発のテレビ映像、亀裂が入り傾いた東北朝鮮学校の校舎の写真、有料道路の高架から遠望した壊れたクルマだけでつくられた巨大な山、辛さんと富美子さんの顔、妻と子どもたちの姿、昨日つくったトックの出汁の匂い、避難所のお年寄りのトックを受けとる筋張った手、神戸長田の焼け跡の光景……。さまざまなイメージが、外界の光を閉ざした頭蓋のなかを跳ねまわり、交錯し、明滅する。

《パット剥ギトッテシマッタ　アトノセカイ》

そこでの希望は?　始める力を信じて、始める……。

「ありがとうございました」

球場のいたるところから、つめていた息をふーっと吐きだす音が聞こえる。緊張が弛緩する気配がやってくる。

「引き続き国家、君が代を斉唱いたします」

わたしは辛さんと、苦く曇った顔を見あわせた。そうだ、これがあったんだ……。もう半世紀近く前の、中日スタジアムで聞いた美しいアナウンスと、秀のおじさんの強い光を放った眼がよみがえる。歌手が紹介された。津波で壊滅的な被害を受けた宮城県南三陸町の中学三年生と一年生の女子学生、そして「広瀬川哀歌」で有名な、いとう宗行が歌うという。バックネット前に整列する両軍選手のまんなか、ホームベースの位置に、手をつないで進んでくる歌手たちが見えた。

わたしと辛さんはゆっくり腰を下ろした。視界が前の席の男性の背中でさえぎられた。左右と後ろから投げられ、まとわりつく眼差しがわかる。緊張した空気も伝わってきた。そうだった……。中日スタジアムのとき、秀のおじさんの後ろにいた男たちは立ちもせず、歌いもせずにビールを飲み、雑談していた……。わたしは高まり始めた鼓動に呼び覚まされた半世紀近く前の記憶をよみがえらせていた。だがいま、立錐の余地なく林立する人垣で光がさえぎられ、少し薄暗い。わたしたちは総立ちの人波のなかに、小さなあばたをつくっているのだろう。

伴奏が始まり、いとう宗行の声に和する「君が代」の大合唱が朗ろうと聞こえてきた。「がんばれ！　日本」の熱気のなかで、わたしたちは座り続けた。早く終われと願う。だが、いとう宗行は、まだビブラートの効いた声を響かせている。

「おい、立てよ！」

押し殺した声の方を見た。日の丸の小旗男が通路からこちらをにらんでいる。

「なに座ってるんだよ！」

別の日の丸男が遠慮なく叫んだ。

「日本人なら立てよ！　それともチョーセンジンか！」

「こらぁ立てよ！」

こんどは背後から怒号とともに首根っこをつかまれた。振り払う。

「そうだ朝鮮人だ。それがどうした！」

喉が破れたようにかすれた自分の声を聞いた。四方八方から手と足が伸びてきた。後頭部に重く強い衝撃を感じた。辛さんがわたしを呼んでいる。けれど声は、あっというまに遠くに、消えた――。

君が代アリラン

あっ——と薛福寿《ソルポクス》は、コーヒーを淹れる手を止めて耳を澄ました。ミーンミンミンミンミンミーンと鳴く蝉の重奏に、シャシャシャシャシャシャという異質の鳴き声を、確かに聞き取った。蝉の声は、店と住居を兼ねる家の裏にある神社の森から届く。あれが夫が話していたクマゼミ？ずっと江戸川のほとりで暮らしてきた彼女にとって、この街で初めて聞く蝉の鳴き声だった。

「ねえ、聞こえた？」

「何が」とキッチンから続きの、もう店の事務室としては使うことのない六畳の応接間のソファから夫の玄光五《ヒョングァンオ》の気のない返事があった。「それよりさ——」日曜のニュース番組を見ている夫が言葉をつなげた。「今日はKが筆頭コメンテーターだ。まだましなんかな、TとかSなんかよりさ。一応在日だし」

K？ ああ、と整った顔に縁なし眼鏡、低い声で話す彼を思い浮かべた。そういえば、この時間にKをテレビで見るなんて……。ふた昔も前、深夜の討論番組でよく見たな、と脳裏で記憶が蛍火のように光ると、そうか、と福寿は、どうして蝉の声が聴き分けられたのかに、いまさらながら思い至った。コーヒーの心地よい苦みとは違う、繰り返しこみ上げる後悔に似た苦さを口中に感じて、固くなった唾を飲み下した。

お店だった階下は、すべての物音と気配を消して、死んだように静かだ。だから、か……。この十何年、いつも日曜日は平日より一時間早く開店準備をしていた。灯りを点け、空調のスイッチを入れると、機関音が鼓膜を休みなく揺さぶり出す。電源をONにすると、パチンコとスロット台の電子音が躰全体を包み込む。さて店内の掃除、次はトイレの掃除と点検……。それも先週の日曜日で終わった。半世紀前にアボヂとオモニがこの街にきて開いた「平和会館」という台数百三十二台のパチンコ店は、その歴史を閉じた。射幸性を云々する警察の厳しい規制と、大店舗の近隣への出店で、昔ながらのパチンコ屋は真綿で首を絞められ、ついに息の根を止められた。二年前に四年制の長男と、短期の次男が同時に朝鮮大学校を卒業してくれたおかげで教育費から解放されたこともある。潮時だったんだ。でも、原発の爆発を伴う大震災の年の秋と冬、相次いで逝ってしまった、アボヂとオモニが生きていたら、お前たちの努力が足りない、と反対したかな……。

それに卒業したとはいえ、地方都市のウリハッキョ（朝鮮学校）の教員になった長男には、まともに給料が出ていないから、二か月に一度は、いくばくか送金してやらないと――いや、いや、これでよかったんだ。アボヂが残してくれたわずかな家作と、上の娘が毎月送ってくれる五万円、同胞のデイサービスに就職して同居する次男が家賃だと入れてくれるお金で、残りの借金を返してなんとか食べてはいける。残務整理が完了してパートに出れば、少しは貯金もできるだろうし……。

ドリッパーから湯があふれようとしていた。危うく我に返った福寿は、意図せずアメリカンになってしまったサーバーのコーヒーをマグカップに注いだ。

「何が天皇陛下だ、こいつ！」

光五が低く、うめくような怒声を発した。福寿はカップを持って応接間へ行き、夫の前にひとつ置き、彼の斜め横、テレビに正対する定位置に座った。画面の右下に「天皇陛下十一分間の問いかけ／『退位の願い』にじむお気持ち」の文字が見えた。Kが落ち着いた声で話している。

——深い配慮と、慎重な言い回し……。Kは、これ以上ない敬語で、淀みない。陛下の平成の人間宣言だと思ったんですね……。

「ポクス、陛下の『陛』って、宮殿の階段のことだって知ってた？　つまりさ、『階段の下』にいる御付きを通して奏上する臣下であることを自称する言葉なんだ……」

光五がこちらを見て、恥ずかしそうに言った。怒りの気配は消え悲しそうにも見える。福寿は黙って冷めかけたコーヒーをすすった。光五もそれに倣った。

「グァンオさん、Kの出演は天皇の生前退位の意向表明の前から決まっていたのかな。それとも、この話題だから意図的にKを使ったのかな？」

「どうだろう……。でも在日のKに、天皇制を全肯定させて、その上で日本的リベラル主流の立場を代弁させる、というやり方は、巧妙だよ。Kもこれを承知で、というか……」

また言葉を呑み込んだ光五は、四年前まで韓国系の民族団体で専従をしていた。この夫は、福寿が感じても、うまく表現できない不条理や差別、違和感を覚える出来事の見方や背景について、いつも的確な言葉と解説を与えてくれた。それについて福寿の信頼は揺るがない。活動家としても、実務肌で着実な仕事をしていた。だけど、理が勝ちすぎて、情が薄い。日本の学校にだけ通った末に、大学在学中から同胞組織の専従になった。一般社会に出ていないので、娑婆のことを、そのからくりをよく知らない、と感じることが、福寿には多々あった。専従を降りて、店の仕事一緒に仕事をするようになると、客に愛想を言い、機転をきかせてちょっとサービスして、機嫌を取るといった融通が利かないのが眼についた。この人は「正しいこと」だけを言って動けば済む活動家が一番似合っていたんだ、と思うことが、しばしばだった。だから、店を閉めることに手放しで賛成したんだな、と福寿は苦々しく思い出す。

このふたりの結婚には、福寿のアボヂの強い意向が働いた。アボヂは一九七〇年代の初め、親族に会うために韓国へ行ったにもかかわらず、空港からそのまま国軍保安司令部に連行され、ついには確定死刑囚になった。罪名は「北のスパイ」だった。アボヂの救援運動を陰で支えたのが、光五が所属していた組織だった。十六年の獄中生活の後、特赦で出獄したアボヂは、救援運動と韓国での面会に奔走した福寿が未婚であることが耐えられなかった。当時、団体の青年組織の中央幹部で独身、四歳年上の光五に、白羽の矢が立ったのだった。

監獄からようやく日本に戻ったアボヂと、福寿のふたりの弟たちは商売のやり方をめぐって、当初からぎくしゃくした。それは政治暴力による家族離散の、またひとつの悲劇とも言えた。

バブル期はまだよかった。アボヂの一世特有のブルドーザーのようなエネルギーで業績も上がった。だが、バブルが弾けると、いくつかの失敗が重なって商売は傾き、経営をめぐって対立は激しくなった。弟たちは結局、家を出た。福寿は都立養護学校の非常勤講師の仕事を辞めて、家業を切り盛りすることになった。それは都教委が、卒業式や入学式などで「日の丸・君が代」を強制する通達を出した二〇〇三年秋を経た、翌年の四月からだった。「これが教育の原点ですよ」と勤務校の教頭に誘われ、それを実感しながら携わってきた障がい児教育にやりがいを感じていた。未練がないわけではなかった。だが、家業の維持は家族の者で、というアボヂの懇請に逆らえなかった。アボヂは、福寿がつたない母国語を逆に武器としミアナムニダ（すみません）、カムサハンニダ（ありがとうございます）だけを駆使してソウルの拘置所や大邱《テグ》の刑務所で巧みに当局と刑務官に渡り合い、言葉が貧しいがゆえに全身で親愛の情を示して韓国の親族との和を結ぶ姿から、男だったら商売で成功すると、常々口にしてもいた。とはいえ、福寿の背中を最終的に押したのは、都教委の通達だった。車椅子の子、言葉のない子らに強制される起立、歌えと命令される天皇を称える歌。戦争の旗、侵略の歌……。福寿は、「日の丸」に起立し、「君が代」を歌うことは大げさではなく、侵略と支配に抵抗し犠牲になった朝鮮とアジアの人びとの否定につながる、と考えていた。歴史の修正に加担を強いる通達。自分は、決して立てない、歌えない。しかし、校長に起立し歌うよう「職務命令」を出されたら、拒否できるか？　拒否すればブラックリストに載り、講師の仕事は回ってこなくなるに違いない。だから見切りをつけたのだ、この荒涼とした教育現場に。闘わずして逃げた、のかも知れない。でも、朝鮮人で、女性で、その上、非常勤講師で、どうやって闘えたろう……？。

「Kって、昔はもっとラディカルだったんじゃない。少なくとも、《天皇陛下》なんて決して口にしなかったよね」

福寿は、店を畳んだ後ろめたさに似た、やはりほろ苦い記憶を、Kがソフトに発音した「天皇陛下」の声で掻き出されたのを気づきながら言った。

「そうなっているのは、Kだけじゃないさ。この国のリベラルと言われる知識人たち、メディアがそうなっている。いつからかわからないけど、ゆっくりゆっくり、時間をかけて、天皇にたいする言葉遣いが変わって来た気がする。言葉が変われば、意識が変わる。Kにしたって、いつも天皇に陛下をつけていたわけじゃなく、使ったり、使わなかったりしながら、時間をかけて変えて来たんじゃないかな。そしてついに、天皇抜きに《陛下》と、舌も凍らずに言えるようになったんだ」

「……ねえ、さっきはすごく怒っていたのにどうしちゃったの、変にしぼんじゃって」

「なんかさ、Kを見ていて、恥ずかしくなっちゃってさ。ほれ、日本の憲法には象徴天皇制も、九条の戦争放棄も明記してあって、それが九条護憲の防波堤みたいに、いまの天皇は平和主義者にされていて……。天皇制による戦争犯罪の日本軍『慰安婦』問題とか、天皇制は身分制・

血統主義を伏流させる差別の根源だ、なんて、とても外で言えないよ。別にKが在日の代表でもなんでもないけど、植民地エリート根性が透けて見えてさ……。主人の立場、主人の思想を、こっそりと自分の立場、自分の思想としている奴隷根性。主人を失うのがこわい。だから、奴隷なんだな。けどさ、そんな奴隷根性、おれにもあるよ。Kが、おれに重なるんだよな……」

ニュース番組はスポーツコーナーに変わっていた。ここのレギュラーコメンテーターは、三千本もヒットを打った在日のスラッガーだ。福寿も光五も、広島出身の被爆者でもあるこの強打者が大好きだった。通名を使うこの人はきっと、本名を使っているKよりも右寄りかもしれない。それでもふたりは、Kなんかよりも、この在日の開拓者に強い親近感を抱いていた。いまとは比べものにならない朝鮮人差別に揉まれ、踏まれ、苛まれながらも、チマチョゴリのオモニを球場に招き、ホームランを放つ背番号10の、温室育ちではない反骨魂、自尊心……。

「そうだ、さっきの聞こえた？　って何のこと」

光五は「陛下のK」にまつわることから、思いを引きはがすように、伏眼を上げて、まっすぐ福寿を見た。

「ああ、あれね、蝉の声のことなの。ミンミンゼミの中に、クマゼミだっけ？　シャシャシャって鳴く声が確かに聞こえたの」

「クマゼミの生息域がこちらへ広がっている、って何かで読んだけど、へえそうなの、聞き間違いじゃなく？」

光五は眉を上げて耳を澄ましたが、ミンミンゼミの声しか聞こえなかった。福寿も遠くを見る眼になって、意識を耳に集中した。

「いまは聞こえないけど、間違いないよ。さっきは聞こえたよ。それは確か。でもさ、ほら――ね、ミンミンの大合唱のなかで、シャシャシャって鳴くのって、やっぱり勇気がいるのかな？　ミンミンゼミに襲われたりしないのかな？」

「まさか蟬にそんなこと……」


その夜、久しぶりに娘の美星《ミソン》から、福寿のスマホに着信があった。風呂に入っていた福寿は、それを受けることができなかった。

ふたりはいつも、連絡はラインで済ましており、娘の活動を福寿は、頻繁に更新されるブログで確認していた。七夕生まれなので、光五が美星と名付けたのだが、彼女は本名をもじって、Ｂｅ－Ｓｏｎｇと名乗り、Ｎ市を拠点にバラードを得意とするＪポップの歌手活動をしていた。昨年、メジャーデビューして、テレサ・テンに通じる甘く哀愁を帯びたシルキーボイス、と徐々に評価が高まり、五枚目のシングルが同地のローカル昼ドラマの主題歌に抜擢されて、風が吹き始めていた。福寿はついこの前、二十六歳のバースデーライブに招待されて、Ｎ市まで行ってきた。三百人定員のライブハウスは超満員だった。娘の夢が一歩一歩着実に叶えられつつあることを実感した。

福寿には美星に対して、高校を卒業させてやれず、ひいては大学にも入れてやれなかった、という負い目があった。だからなおさら、強く娘の成功を願っていた。

美星の高校進学をめぐって夫婦は激しく葛藤した。光五は、高校も朝鮮学校に通わせることを主張したが、福寿は、日本で生きて行くんだから、中学までで母国語の読み書きと基本的な文化素養を身につければいい、温室から出るべきだ、との信念を曲げなかった。そして、それを通さねば破たんしかねない経済事情があった。何度かの衝突後の年の暮れ、夫のプライドを傷つけると我慢して言わなかったことを、福寿はついに口にした。

「保険を解約したり、貯えを切り崩しているのよね。授業料や学校関係の支払いが大変なのよ。高級部はもっとかかる。下にまだふたりいるしね」

朝鮮学校の授業料は、公的補助がほとんどないので、私立学校並みに高い。光五の収入は高が知れていた。それを補ってきたのが、一年ごとの契約更新の不安定さはあっても、福寿が都立学校の準常勤講師として得て来た給料だった。それでなんとかやりくりしてきたのだが、定収入を失って借金を抱えた家業に入ったことで、入ってくるものが大幅に減った。ついに本当の理由を持ち出され、解決の術がない光五は、黙するしかなかった。

美星は両親から、県立高校へ進学するように言われ、泣いて抵抗した。中級部では合唱部に所属していて、中央芸術競演大会の独唱と合唱で金賞も受賞していた。朝鮮高校へ進学しても、合唱部に入ることをトンム（同級生）たちと約束している。できる限りアルバイトもする。店の手伝いもする……。だが十五歳の少女がどんなに頑張っても、親が決めたことには逆らえなかった。成績はずっと最優等生だったから、県立高校にすんなり合格することができた。
　しかし、美星の高校生活は、一年生の一学期の途中で終わってしまった。

　その高校に合唱部はなく、生徒の大半はクラブ活動をしていなかった。男子にゲンビセイ（玄美星）ブツと呼ばれ、テポドン、拉致子《らちこ》とも揶揄された。唇をかんで下を向くしかなかった。担任教師に訴えても無駄だ。あの人も、不良国家北朝鮮！　って、あからさまに思っている。両親に言えばひどく心配する。だけじゃなく、アッパ（父さん）は学校に怒鳴り込むに違いない。そうなったら面倒だ。貝になればいい。いつもひとりだった。そんなとき、ユキが話しかけてくれた。やがて、ジュンコもそばに来た。ふたりは髪を染めているわけでもないし、濃い化粧をしているわけでもない。特別にスカートを短くもしない普通の子だった。学校で一緒にいられる仲間がいないから、三人は休み時間や昼休み、何となく一緒にいた。それが下校後にまで延長されて、やがてコンビニやゲームセンターを渡り歩くようになった。梅雨がもうすぐ開けるころだった。ジュンコが男子に、預かっといてくれ、と頼まれて、ジッポーライターのオイルを持っていた。学校を出るとき、やんでいた雨がまた降って来た。何故だかわからないけど、駅に着いたらユキがあたしらを、ホームの端へ行こう、と誘った。屋根が途切れたホームの先端には、小さな水たまりがあった。ユキがジュンコに「オイル」と言った。あたしらは傘をさして、その水たまりの周りにしゃがんだ。ジュンコがオイルを垂らすと水たまりに虹色の薄い膜が広がった。ユキはカバンから百円ライターを出して火を点け、虹色の水面に近づけた。「ぽっ」と小さな音がして、青い炎が水面に揺らめいた。きれい、と思った瞬間、眼の前が真っ白になった。怒声が耳を満たした。消火器を持った四人の駅員に腕を掴まれて、駅事務室に連行された。ユキのカバンから煙草が出てきた。警官が来た。消防も来た。担任教師、副校長、そして三人の親たちが集まって来た……。

どうしてこんなことをしたのか？　と何度も、何度も、いろんな人に問われた。でも、何故そうしたのか、よくわからなかった。いいとも、悪いとも、何とも思わず、何となく、そうした……。オイルを撒いたのはジュンコで、火を点けたのはユキだけど、あたしは確信的な共犯者だった。本当によくわからなかったから、答えようもなく、貝になった。

自主退学という形式で学校を辞めた。その決定を校長室でオンマ（母さん）と聞いた。一言も話さず家に帰り着いて、応接間のソファに座ったとたん、オンマが、ミソンアー、オンマが間違ってた、ごめん、ごめん、ごめん、と泣きながら、あたしをきつく抱いた。貝殻が砕けた。朝鮮学校にそのまま行かせてくれていたら、あたしは思いっきり歌っていたんだ！　歌を！　歌を！

あたしの貝殻の内側の、柔肉の傷は、歌いたいという、真珠を育てていた……。

美星はそれから八か月間ひたすらアルバイトをして金を貯めた。N市の郊外に住む光五の姉夫婦には子どもがいなかった。その家に居候させてもらい、音楽の専門学校に通うことになった。居場所を変えたい、自分に厳しくしたい、と光五と福寿を説得した。ふたりも自分たちの判断の失敗を自覚していたので、美星の説得を受け入れて、かなり高額の入学金を払ってやるしかなかった。ところが美星は、専門学校に通うより、人前で歌って実力をつけた方がいいと、半年後にはその学校を辞め、バイトをしながら、街角でギターを弾いて歌い始めた。やがて口コミで評判になり、声をかけられてライブハウス、クラブへ出演。自主制作のCD作成、定期ライブ、事務所との契約、メジャーデビュー……。

美星はN市では、母親の姓を使って「薜美星―まさきみせい」と名乗ってバイトし、ライブ活動をしていた。玄《ヒョン》では中国か朝鮮だろうとすぐにわかってしまうが、薜《ソル》なら、訓読みで「まさき」と読める。変わった苗字なんだ、とお茶を濁すことができた。県立高校での経験が、彼女の防衛本能を触発して、出自をあいまいにする工夫をさせた。通名がない美星の苦肉の策だった。事務所と契約するときには、在日であることをはっきり伝えた。一方で、もっと出自があいまいなBe‐Songで活動したいと提案して受け入れられた。

ヘイトを煽るZTグループが各地で「朝鮮人を殺せ!」と街宣し、デモでは小さな破壊行動さえするようになった。それに煽られたネットの世界で、「在日認定」というレッテル貼りと攻撃が吹き荒れるようになると、事務所は美星に、日本に帰化してはどうか、と提案してきた。

美星はそれはできない、と即座に断った。すると出自を厳重に隠すように、と命じてきた。だが、美星はときどき思う。どうして帰化できないのか、日本国籍を取った方が、これからの活動への負担が減るのではないか、と。でも、そうしてはいけない、できない、とその都度否定する自分がいる。帰化することは、自分の影を悪魔に売ってしまうことになり、自分でなくなってしまうような気がした。歌を歌うこと、その喜びを教えてくれたのは、まぎれもなく、ウリハッキョ(朝鮮学校)の合唱部だった。もっと言うなら朝鮮学校の生活だった。学校生活にはいろんな歌があふれていた。そして美星が歌うことを心から応援してくれたソンセンニム(先生)とトンム、両親がいた。朝鮮民謡を歌うと、自然に躰が三拍子の律動を刻む。それが自分であることの証だった。朝鮮人であり続けることは、損得で割り切ることができるだろうか?いや、そもそもそういう問題ではないに違いない。差別があるのに、それをそのままにしておいて逃げ出すことは、差別する側に自分が行くということ……。大好きなチュナ、ファリョン、シルスン。眼を見つめ合い、息を合わせ、ハーモニーを奏でたトンムたちの顔が浮かぶ。裏切れない。だから、事務所に言われたことは、絶対に両親に伝えてはならないことだ、と思った。オンマとアッパに娘が、芸能界という魔窟にいることを知られたくなかった。

風呂から上がってスマホの着信を確認した福寿は、すぐ美星に発信した。なんだろう。ラインでは済まない用事? ワンコールで出た。いまM駅を出たから、あと十分で家、との応答。

切れた。各駅停車に乗り換えたばかりのようだった。胸騒ぎがした。何か問題が起きたのかしら？　突然帰って来るなんて……。

「グァンオさん――」灯りが漏れている奥の寝室で、寝転んで本を読んでいるだろう夫に声をかけた。「ミソンがもうすぐここに着くんだって」

「えっ、ミソンが、何で？　いま何時だ？」

脈絡があるような、ないようなことを言い、光五が心配顔でハーフパンツをはきながら寝室から出てきた。次男からは明日の八・一五解放記念日の集会の準備をするとかで職場に泊まる、と連絡が入っていた。壁の時計を見て、もう十時過ぎか、と光五はつぶやいて、冷蔵庫から缶ビールを取り出し、あいつ腹空かしてないかな、と福寿を振り返った。妻は、また飲むの、と嫌味を言ってから、ご飯も残っているし、明日のチェサ（祭祀）用につくったおかずがあるから大丈夫、と答え、夫に続いて応接間に入り、いつもの場所に座った。

飲む？　と光五が聞いたが、黙って首を振った福寿の耳に、朝方や昼間ほどではないが、蝉の声が届いていた。彼女が耳を澄ましたのは、蝉の声を聞くためではなく、二階の母屋に通じる、鉄の外階段が鳴る音を聞き逃さないためだった。

「ミンミンゼミまだ鳴いているね」

「うん？　……ああ聞こえるな。おれさ、ポクスの言葉が気になって、今日一日、かなり頻繁に耳を澄ましたし、夕方には神社まで行ったけど、クマゼミらしき鳴き声は聞こえなかったぜ」

「じゃあ、ミンミンゼミに襲われて、殺されたんだ」

「そんなことありえないよ。変なこと言うなよ」

光五が本気で嫌な顔をしたので、福寿は、あなたも口に気をつけてね、という言葉を呑み込んだ。白けた沈黙が流れた——と、外階段がカンカンとなる音がふたりの耳に届いた。福寿は弾かれたように立ち上がって、流しの向こうの玄関へ向かった。ドアを、こちらが押すのと、向こうが引くの、どちらが早いか、と光五は考えた。お帰り、お腹空いてる？　とつくったように明るい声音の妻の声が先に聞こえた。押すのが早かった。ううん、大丈夫、と娘のかすれた低い声。やっぱり何かあったか、と光五は考えた。

「アッパ、ただいま」

応接間に入って来た長身の娘は、涼しげな白のノースリーブニットと、青の短い丈のワイドパンツ、小さめのピンクのナップザックといういでたちだった。光五は、娘が大荷物を持って来なかったので、少し安堵した。

「うん、お帰り……。いつまでいられる？」

「明日、午後からFMの公開放送でライブがあるから、一番の新幹線で戻るつもり」

「何？　それじゃハラボヂ（おじいさん）たちのチェサには出られないね」

福寿は、何かあったの、どうして急に、と問いたい気持ちを抑えて言った。美星は、光五の正面に座った。明るいところで見ると、ショートカットを銀に近い茶に染めた髪の手入れも行き届いているし、切れ長できれいな二重の眼の周りに疲れは探せなかった。でも、なにか秘めた切迫感が瞳を輝かせているように思えた。この前ステージで見た娘の、芸能人としての強いオーラは消されているようで、やはり漂っている。住む世界が違う娘を少し遠くに感じた。一杯やるか、と夫がビール缶を持ち上げた。彼も自分と同じ思いを隠しているのがわかった。娘は、うんと応じた。意外な感じがしたが、福寿はキッチンへ行き、冷蔵庫からビールとキムチ、ナムルを出して、コップふたつと箸三膳を一緒に盆に載せて応接間に運んだ。まあ、とにかく、元気に頑張っている美星に乾杯だ、と光五が音頭をとって、それぞれが、ビールを口に運んだ。美星が一気に、コップの半分近くまで飲んだ。おやっ、と夫婦は、顔を見合わせた。美星は親たちのそんな視線を意識してか、ゆっくりコップを置くと、ふたりをかわるがわる見てから、探るような眼で口を開いた。

「アッパ、オンマ……、あたしが君が代を歌うとしたら、どう思う?」

「え?　……!」

夫婦は思わず顔を見合わせて、同時にKを思い浮かべた。それで光五は、かっと熱くなった。

「……それは、どういうことだ。なんでお前が君が代なんか歌う必要がある」

光五の顔が蒼ざめていく。怒り出している。福寿は右手で、夫の左ひざを二、三度押して、落ち着かせようとした。光五は、お前はどうなんだ、と強い眼で妻を見た。

「まず、話を聞こうよ。ねえミソン、順序立てて話してよ」

この秋にあるN国際女子マラソンのスタートセレモニーで、国歌斉唱があって――と言うと、おれたちの国歌は君が代じゃないぞ！　と光五が口を挟んだ。アッパ！　と福寿が止めた――、それの独唱のオファーがあった。来年の世界選手権の代表選考大会になっているので、全国ネットで生放送されることも決まっている。最近の傾向では、君が代の斉唱は放送されるから、Be-Songの声、歌唱力と姿を、何百万人に伝えることができる。これは大抜擢だし、まだまだメジャーじゃないので、ひとつでも歌える場があれば歌うべきだ、と事務所はすごく乗り気。

「あたしも、大きなチャンスだと思う。けど……」

「ミソン、君が代がどういう歌か知っているよな。それが学校で強制されていて、オンマが、そんなこともあって、教師を辞めたこともわかっているな。ましてや朝鮮人を、殺せだの、追い出せ、などと言われて、日本の政府が率先してお前たちの母校を差別して、無償化から排除していて……」

「アッパ！　あたしもそんなことは百も承知よ。わかっている。でも、でもね、事務所の社長が他言無用だと話してくれたけど、これは業界の一種の踏み絵なの。もしもオファーを断ったら、それでレッテルが貼られる。うちの事務所はいまあたしが稼ぎ頭で、あたしがこれを断ったら、あたしだけじゃなく、事務所も大変なことになる。逆に言うとね、だからこそ歌いたくて仕方がない人たちも一杯いるんだよ。君が代斉唱がこんなに溢れ出して来たのは、どこかで眼を光らせている人たちの、芸能界への圧力なの。お上に従わせるという。その効果は絶大。自衛隊の楽団が演奏するより、実力派の歌手やアイドルが君が代を歌った方がこの歌が浸透する、ってわけ。そんななかで、あたしが在日だとわかっていて、あの人たちから歌わせろ、と指示が出たのかも知れない。だってね、あたしクラスが一気に全国放送なんて、普通はありえない……」

「………」

テレビで「国歌・君が代斉唱」と前触れがあるたびに、消すか、チャンネルを変えて来た夫婦は、まさかそんな、と華やかなスポットライトがつくる黒々とした影に改めて気づかされた。

「あんた、そんなところにいて平気なの？」

「オンマ、あたしは歌いたいの」

「君が代も？」

「あたしはプロだから、歌いたくない歌も、歌わなければならないときがあると思っている」

「でも、歌ってはならない歌じゃないの？」

「歌ってはならない歌なんて、ない！」

「いや、歌ってはならない歌は、ある！」

「アッパ、それはどんな歌？　あたしにはわからない」

「お前は、そんなこともわからずに歌っているのか！　単純な話だ、人殺しを奨励し、煽動する軍歌であり、他国や、他民族への侵略を肯定する歌であり、差別を煽る歌だ」

「………」

美星は、日ごろ自分が考えていることなのに、君が代を歌うことを正当化したくて、とんでもないことを言った、と気づき、眼の奥が痛くなった。

「ミソンア、アッパは君が代を歌ってきた。小学時代、中学時代と。毎年の運動会で日の丸の掲揚に合わせて、君が代を歌って、旗が掲揚塔の天辺で翻るのを、美しいと思わされていたのも事実だ。その事実、記憶はいまアッパの恥だ。奴隷の記憶だ。お前はまだ、一度も君が代を歌っていないじゃないか。高校の入学式でも、前の日にアッパとオンマと話し合って、起立せず、歌わなかった。まだ歌っていない、在日のお前だからこそ、君が代を歌って欲しくない。そう思えないか？　すすんで奴隷になるのか？」

光五は、娘が一瞬揺らぎながらも、潤んだ眼でまっすぐこちらを見る様子に、説得を拒むというよりは、すでにした決心を伝えようとするひたむきさを感じた。この子に、生まれて初めて君が代を歌おうと、非常な決心をさせる何か得体の知れない、鵺のような、正体の知れない、何か……。だが、ひどく傷つくのは、この娘……。

「ライブハウスで定期的に歌えるようになったころ、あんたがオンマに言ったこと憶えてる。もっともっとメジャーになって、日本武道館のリサイタルでは、バリバリのロックロールの後に早変わりで、ウリハッキョの白のチョゴリ、紺のチマの制服になって、アリランを歌うんだ、って、ね。チマチョゴリの制服だけじゃなく、日本の街なかから消えてしまったチマチョゴリの朝鮮女性が安全に、自由に歩けるようにしたい。だから歌いたい、歌うって」

「忘れてないよ、だから、あの人たちの思惑を逆手に取って、もっとメジャーになるために、歌ってやろうと思っている。アッパとオンマは、そう、絶対に反対するとわかっていた。けど、ちゃんと報告しておこうと思ったんだ。ねえ、業界で生き残らないと、あたしが本当に歌いたい歌も、歌えない。みんなに届かない！」

福寿はいまこの子を説得できないかも知れない、と思った。それに、この子自身がこの決心を持て余しているのがわかる。だから時間をかけて、どんなことをしてでも止めないと……。

美星は両親に訴えながら、あるとも、ないともわからぬ希望に賭けようとしている心もとなさに、震え出していた。ねえ、希望は未来にあるものだよね。いま生きている誰も、未来を生きたことがないんだもの。ならば、未来にも希望がないという、誰かの断言は嘘だ——。でも、あたしが希望だと信じようとしていることが、本当は絶望への奈落の入口だとしたら？

「ミソンア、お前……」

さっきまでは怒りにかられた怒声を発していた光五の、か細く沈み込んだ声が耳に届く。昂然と両親を見返していたはずなのに、いつの間にか視線はテーブルに落ちていた。両膝はがくがくと震え始めていた。助けを求めて声の主を見た。憐憫の情と奇妙な当惑にとらわれた視線にぶつかった。その眼は、わけのわからない慎みの念に圧倒されている人のものだった。それは、美星がよく知っている同じ恥ずかしさだった。誰かを蹴落とさなければ這い上がれない世界。人間の尊厳が傷つけられ、引き裂かれる痛み。歌を歌いたいだけじゃ済まない世界の裏側を見たときに感じた恥ずかしさ……。　アッパはあたしを恥じている。だけじゃなく、正しいことが正しくないことに押しつぶされようとしているのを目の当たりにして、自分の善意がほとんど無力で、なんの防壁にもなりえない自分の無力さを、罪のように恥じている……

――きーみーがーあーよーおーはー

歌い出した、アッパが！　涙をためた眼であたしを見て、恥ずかしそうに！

――ちよにーいい　やーちよにー

ああ、オンマも一緒に！　これが君が代を歌う私の姿なの……？

「やめて！　お願い！　やめてよ――」

Be－Songは消えた。美星がまた街角で歌い始めた。そんな美星はやがてウリハッキョに呼ばれて歌い、いろんな集会で歌うことも多くなった――。

密陽《ミリャン》アリラン、珍島《チンド》アリラン、孤独《ホルロ》のアリラン、統一《トンイル》アリラン……。あたしはいろんなアリランを集めて、スマホにストックし、プレイリストをつくって聞いている。それと、あたしオリジナルのアリランがいくつかある。ウリハッキョ・アリラン、「慰安婦」ハルモニのアリラン、文科省前金曜日アリラン、チマチョゴリ制服アリラン、沖縄アリラン。そして、ストリートミュージシャンのアリラン……。

エヘヘ、そうだった。君が代アリランなんて、考えたことがあったなぁ……。

Ⅱ

こわい、こわい

出かける準備を済ませて立ち上がると、そばで泣きべそをかいていた五歳の長男が右足にしがみついた。それを見て、気の強い三歳の次男は左足に抱きついて、太ももに噛みついた。

「いたた！　こら相圭《サンギュ》やめなさい。アッパ（お父ちゃん）はどうしても外せない急なお仕事だから仕方ないだろ」

「そうよ、サンちゃん、やめなさい」妻がサンギュを抱きあげて引き離した。

僕はゆっくりしゃがんで、声をあげて泣き始めた長男の龍圭《ヨンギュ》を抱きしめた。長男の躰は強張っている。だけど、僕を拒もうとはしない。怒りと悲しみで体温があがっている息子からは、日向のいい匂いがして、胸がきつく締めつけられた。

「ヨンギュ、次の日曜は絶対大丈夫だから、我慢して、な。約束する。指切りげんまんしよ」

「いやだ、今日行くのだって、指切りげんまんしたよ……」

涙ですっかり輪郭が崩れてしまった顔で、しゃくりあげながら訴える。そうだよな……。指折り数えて待っていたウルトラマンショーだもの。家族で後楽園遊園地へ行くはずだった。ショーが終わったらアトラクションに乗ろうと約束していた。おまけにきょうは五月晴れ。マンション裏の公園から、新緑をざわめかせた薫風がこの部屋にも吹いてきていた。

昨夜、九時前に帰宅して玄関続きのダイニングキッチンの灯りを点けたとたん、パジャマ姿のヨンギュが和室から走り出て来た。両手には、ソフビのウルトラマンとお気に入りの怪獣ゼットトンが握られている。

「おかえりなさい。アッパ、明日だよね！」

瞳をキラキラさせて、ウルトラマンを振りながら、僕を見あげて言う。

「あれっ、まだ寝てなかったのか……」

息子を抱きあげてそう応えたが、喉が詰まる感じがして、次の言葉が出なかった。

「もう、ヨンちゃん、寝なきゃダメでしょ。明日起きられなくて、お出かけできなくなっちゃうよ」息子らと添い寝していた妻が部屋から出てきて、呆れ顔で言った。「サンギュはすぐ寝付いたけど、電気を消してもヨンギュはウルトラマンごっこやめなくて。やっと静かになり始めたところだったのに、鍵を開ける音でぱっと眼を開けて、ダッシュよ」

パートがない休日前夜のゆとりだろう、妻は笑みを浮かべて、僕が帰宅する前の様子を簡潔に伝えた。

「そうか、ヨンギュはそんなに楽しみか。なら、オンマの言う通り、早く寝ないと明日お出かけできなくなるよ」

抱いた長男を妻に預けながら言った。嘘をつく罪悪感が少し声を震わせた。

「そうよ、ヨンちゃん、お布団へ行くよ」

妻は僕の声の震えにまだ気づいていない。

「ハーイ。アッパ、おやすみなさい」

「牛スジ炒めがフライパンにあるから、まずそれを食べてて。すぐだから」

和室のふすまを閉めながら妻が言った。そういえば砂糖の混じった醤油とニンニク、コチュジャン（唐辛子味噌）にからんだ脂の濃い肉の、食欲をそそるいい匂いがする。牛スジ炒めを温めて、フライパンのままテーブルに置いてひとつ口に入れた。歯ごたえを楽しみながら奥歯に力を入れると、甘辛い味に牛スジの旨味が融け合って口中に広がる。上出来だ。下ごしらえがしっかりできているから牛スジの臭みが抜けて、上質の脂と肉の味が立っている。冷蔵庫からロング缶のビールを出してグラスに注ぎ、一気に飲み干した。ふすま越しに聞こえていた妻と長男の微かな話し声が絶えている。二杯目をグラスに注いで半分ほど飲み、ふたつみっつ牛スジを頬張っていると、ふすまが開く音がして、妻がキッチンに入って来た。

「寝たわよ。今度は早かった。ウルトラ怪獣の名前を好きな順に教えて、ってやってたら、十二匹目で、ことっと。いまごろ夢の国で怪獣と闘っているんじゃない」

「本当に楽しみなんだな……」

「私も楽しみにしているよ。久しぶりじゃない、家族四人で出かけるの。あなたここのところずっと忙しくて、週末ごとに出張ばかりで」

妻の言葉で、自分の気持ちが揺らぐのを意識した。息子たちなら何とかなる。だが、彼女も待ち焦がれていたとなると……。とにかく話してみることだ。半分になったグラスのビールを飲み干して、さらにビールを注ぎ足すと、ロング缶はちょうど空になった。妻が冷蔵庫から次の缶とキムチ、つくりおきのサラダを出してきた。

「私にも一杯ちょうだい。これを寝酒にするわ。明日は五時起きでお弁当をつくらなきゃ」

そうか、お弁当……。抜かりのない妻のことだ、材料の買い出しはもう終わっているだろう。追い詰められる気分でスジ肉をつまみ、ビールをグラスの半分ほど飲んでから新しい缶を開けてグラスを満たし、妻に差し出した。彼女はゴクリと喉を鳴らしてビールを飲んだ。

「ああ、美味しい。ちょっと箸かして」彼女もスジ肉を口に運ぶ。「うん、うまくできてる」

妻はスジ肉をキムチで巻いて、もうひとつ頬張った。

「おほっ、こうするとまた絶妙。牛スジは残ってもスープにできるから一石二鳥ね」

「うん、そうだね」と相槌を打つ。……話のきっかけがつかめない。もう言うしかない。

「あのさ……」おどおどとした感じで、嫌になる。

「何?」声音に角が立った。様子がおかしいのに気づいたようだ。

「明日の遊園地、一週間延ばせないかな?」

「えー、また仕事なの?」ビールのせいだけじゃない赤みが顔にさして、視線がきつくなった。

「いや、仕事じゃない……。あのさ、君もひどく憤っていたＺＴグループ。あいつら明日、新大久保でヘイトデモをするんだ」

「えっ、新大久保で？」妻の眼が怯えをはらんで彷徨った。

「うん。で、それに抗議し、奴らを包囲して、ヘイトを無化するカウンターへの参加呼びかけを今日、メーリングリストで受け取ったんだ」

「……」妻は黙ったままで、嫌悪を頬のあたりに漂わせている。

「明日のカウンターに参加したいんだ。ＺＴグループが叫ぶ『朝鮮人を叩き出せ！』『みな殺しにしろ！』には、ヨンギュとサンギュ、君や僕も含まれているわけだろ。『殺せ』と言われている当事者として、『殺すな！』と抗議しなければならないと思う」

妻は息を吞んだ。ビールで赤みがさしていた顔が青白くなっている。僕の眼をまっすぐ見てから視線を落として、ふーっと長く息を吐いた。

「来週は大丈夫なの？　次の日曜もＺＴがデモするならどうする？」

妻の言葉に戸惑った。……何が言いたいのか、わからなかった。

「どういうこと？　とりあえず予定は一週延ばしてもいいということなのかな？」

「そうよ。私も抗議に行きたいくらいだけど、子どもたちを連れては無理だし、あの子たちにヘイトを聞かせたくない。だから、あなたが私たちの分まで、ね。でも、ＺＴのヘイトデモは明日だけじゃないでしょ？　来週もあったら……」

僕は「あぁ」と低く息を漏らした。

カウンターには初参加だったので、確実なことは言えないが、何度も参加した人によると、今日のカウンターは「大成功」だったようだ。百人足らずのZTグループに対して、カウンター側は五倍以上の人数で圧倒した。警察はZTグループを守るのに必死になっていた。

「奴らを通すな！」

「レイシスト帰れ！」

「民族差別をやめよう！」

「朝鮮学校への襲撃を許さない！」

カウンターの抗議は、ZTグループ罵声を凌駕《りょうが》し、圧倒していた。

僕は叫び続けた。

「帰れ！　帰れ！」

「ヘイトをやめろ！」

「言葉の刃物を捨てろ！」

喉が嗄れた。だが、言えなかったこともある。歩道でデモに並進していた僕を指さして、旧日本軍の軍服を着た青年が薄笑いを浮かべてこう言ったのだ。

「朝鮮殺せ！　みな殺し！」

「朝鮮殺せ！　みな殺し！」

変なリズムと抑揚で連呼した。

そのとき僕はこう応じるべきだった。

「そうだ、おれは朝鮮人だ！　お前は本当におれを殺すのか？」

だが……言えなかった。怒りよりも名状しがたい恐怖で、僕の舌は一瞬にして凍えた。

カウンターが圧倒したにせよ、ヘイトスピーチはぶちまけられ、街にこだました。

「殺せ！」

「首吊れ！」

「除鮮！」

「慰安婦＝売春婦」

そんなプラカードが、日の丸と旭日旗に飾られて練り歩いていた。罵詈雑言は、僕の鼓膜を振るわせ続け、網膜に焼きつけられた。

どんなにカウンターが「成功」しても、ヘイトスピーチは顕現していた。だが、抗議し、包囲しなければ、ヘイトは歯止めがなくなり、この社会を覆い尽くして排外暴力を誘発し続ける……。賽の河原にいるのか？　激しい徒労感に襲われていた。

新大久保駅からの山手線。座れてよかった。心と躰は浴び続けたヘイトで、いたるところが脱臼していたから……。

「ウルトラマンショーの代わりにはならないけど、午後には駅の広場にいるから合流して」

家を出るとき、しゃくりあげるヨンギュを抱いて背中をなでながら、妻が言った。駅西口のデッキを中心に行われる、市主催の子ども祭りのことだった。

数日前、妻が市の広報を見せながら、「お出かけと重なっちゃったね」とちょっと残念がっていた。着ぐるみショーがあり、ストライクボードやミニSL、ゴールキックなどの遊びのコーナーはすべて無料。景品がもらえるスタンプラリー、出店も豊富、と広報にあった。

乗換駅の日暮里に着いたとき、妻に到着時間をメール。すぐに「了解。改札で待つ」との返信があった。

改札の手前からコンコースを見ると、子ども祭りのせいか、いつもより人通りが多い。妻と子どもたちを探す。

「アッパ！」

自動改札を抜けるとヨンギュの声が聞こえた。人波をぬって走り寄って来る。もう泣いていない。いつものヨンギュが僕の右手をつかんで、うれしそうに微笑んで振り向く。その視線の先に、手を繋いでこちらへ来る妻とサンギュがいた。

「ただいま」

「おかえりなさい。ぼくね、あそこでミニSLに乗ったよ。サンギュも一緒に。もう一回乗りたいなぁ。アッパにも見て欲しいもん」

「お疲れ様。どうだった?」

「うん、とにかく……とにかく、疲れた……」

勘のいい妻は、それ以上言葉を継がなかった。その代り気分を盛りあげるように子どもたちに言った。

「よし、じゃあ、あそこで動物風船もらって、それからミニSLにもう一回乗ろうか」

「うん、やったー」ヨンギュが歓声をあげた。

独立独歩のサンギュが、とことこと風船が飾り付けられたブースに向けて歩きだした。ヨンギュが弟に追いついて手を繋いだ。僕たちの前を三組ほどの親子連れが横切り、子どもたちが見えなくなった。と、サンギュがこちらへ逃げ走って来る。ヨンギュも怯え顔だ。

「どうしたサンギュ」

「こわい、こわい!」

僕はサンギュを抱きあげた。ヨンギュは妻の後ろに隠れて、顔だけを覗かしている。僕と妻が、子どもたちが逃げて来た方を見ると、深緋《こきひ》色の鮮やかな地に、金色のバザン刺繍がついたアフリカの民族衣装、ブレードのアフロヘアのでっぷり太った黒人女性が見えた。

「こわい、こわい!」

サンギュが僕の胸に額を押しつけて、もう一度言った。

かっ、と恥でこめかみのあたりが熱くなった。「肌色」のクレヨンを使っていた記憶と、新大久保でのヘイトの嵐が頭のなかを駆け巡る。軍服姿の若者と自分が重なる。彼女は真っ直ぐこちらへ歩いて来る。強い光を放つ彼女の眼が僕を金縛りにした。

「バカヤロウ!」

つぶやくように、しかし、断固として僕らに聞こえるように、彼女はそう言った。真っ直ぐ前を見据えた彼女は、僕たちの前を、凛と胸を張り、さわやかな柑橘系のコロンの香りを残して、通り過ぎていった。

歌う仕事

「先生、歌ってなかったでしょ?」

入学式が終わって、マービン・クリスチャンとユ・スンホの車イスを〈二台押し〉しながら体育館を出ようとしたとき、一緒に組んでいる平良《たいら》が耳元で囁いた。ぎょっとして顔をあげたとき、すでに彼女はピンクのトレーナーと紺ジャージの後ろ姿になっており、本館のなかへ消えようとしていた。ひときわ大きく君が代を歌っていた平良のソプラノがよみがえる。

新採の平良は、初対面から嫌な感じだった。前任校の名刺を渡して朴陽太郎《パクヤンテラン》です、と自己紹介すると、〈ぼく〉なんてすごく珍しい苗字ですね、と真顔で言う。名刺にはルビもふってある。こんな応対は初めてだった。ひどく面喰った。僕は韓国人なんだよ。えっ、だけど国籍は日本なんでしょ。息つく間もなく畳みかけられた。いや国籍も韓国――。そんな! 韓国人でも公立学校の教師になれるんですか? 激しい疲労感がみぞおちのあたりを圧迫して、心臓や頭へとはい登って来た。相手は平然としている。素朴な疑問を口にしただけ、という表情だ。さて、なにからどう説明しようか、と迷っていると、さらに矢が飛んできた。

「選挙権はあるんですか?」

——教師になろうという願いを抱いたのは、学区最上位の都立高校の受験に失敗して、仕方なく入った私立高校で出会った小森先生の影響だった。その高校では高二の修学旅行を、〈平和のための学びの旅＝学びの旅〉とし、毎年、広島を経由して沖縄へ行く。担任の小森先生はベテランの歴史教師で、〈学びの旅〉に備えた平和授業の創始者でもあり、責任者だった。彼の授業で学んだ日本の侵略史は衝撃だった。平和授業の三回目、朝鮮植民地支配が終わった後、先生に呼ばれた。

「次の授業で日本に残る植民地主義をやる。身近な問題であることを実感させたいし、君にとっても大事なことだと考えている。それで提案だが、この機会に朝鮮人であることをカミングアウトしてはどうかな」

やります、と即答した。平和授業のおかげだった。自分もそうだが、クラスメートも平和授業で、それぞれが新しい自分を見つけ出そうとしていた。済州島から渡ってきて川崎で鉄くず回収を営んだ祖父、それを嫌った父、母は日本人だが自分は韓国籍で、外国人登録で指紋押捺し、選挙権がないことを授業で話した。新井陽太郎じゃなくパク・ヤンテランで生きたい。みんなもそう呼んでほしい、と訴えた。自分とは何か？　をさらに深めねばと思った。同時に小森先生のようになりたい希望が膨らんだ。その両方を満たそうと社会科の教員免許が取得できる大学に進学し、第二外国語に韓国語を選択した。言葉へのこだわりが強くなり、在学中にソウルの延世大学校に語学留学した。

折からの不況下、東京都の教員採用は超激戦区だった。それで、社会勉強を積んでおこうと、韓国で貿易関係の会社勤めをした。あるとき同僚が、息子が通う漢陽大学校併設の初等学校が日本語講師を探している、と教えてくれた。願ってもないと応募して採用され、韓国で二年三か月教員生活をした。その間に、ネイティブの女性と恋に落ちて結婚。だが日本生まれでも、韓国滞在が五年を超えると兵役義務が生じることになっていた。同僚教師が、軍隊生活は韓国育ちの自分でも辛かった。日本育ちの君には生命の危険さえある、と助言してくれた。急ぎ日本へ戻った。

大阪の韓国系民族高校で韓国語と社会科の専任教諭の職が得られた。ここで四年勤める間に息子が生まれた。不安定な経営の学校だったので、給与が低く生活は苦しい。暮らしを考えて上京。東京都に講師登録して、非常勤講師としていくつかの都立高校で韓国語と世界史を教えた。だが不安定な非正規職である非常勤では家族を養えない。抵抗感はあったが東京都の採用試験を受けた。私学専任の経験枠で一次試験は論文のみ。それをクリアしたが、二次の面接に失敗して、期限付き任用教員に名簿登載となった。採用の連絡はなかった。継続して非常勤講師で食いつなぎながら、翌年、二次からの採用試験を受けて合格し、正規の教員名簿登載になった。「当然の法理」というものがあって、日本国籍でない者は管理職にはなれないというが、なるつもりは毛頭なかった。ただ、本名を名乗ることは自身の絶対条件とした。教壇に立とうという初心は、本名宣言から始まっていたから……。普通高校を希望したが、中学校の特別支援学級への辞令が出た。大学を卒業して十一年目。特別支援学級で二年の経験を積んで、ここ都立X特別支援学校へ転任してきた――。

「うん、あのね平良先生、僕たちには選挙権はないんだよ。それとね、正規の教諭として外国籍を採用しているのは東京都、大阪府、大阪市、川崎市で、他の自治体は常勤講師だね」

くだくだ話してもわかってもらえまい。これでいいと考えた。すると平良は意外なことを口にした。

「〈ぼく先生〉、私は沖縄の今帰仁《なきじん》生まれで、大学で東京に出てきたんです。本土で沖縄出身と言うと、へぇーという反応ですね。癒しの島とか言うけど、沖縄を見下しているのがはっきりとわかるんですよ。だから、バイトもサークルも沖縄を隠して平良を平と表記し、鹿児島生まれ、ということで過ごしたんです。さすがにこの学校では本名でやりますけどね」

平良の口調によどみがない。このよどみなさに彼女が胸の奥に押し込んでいる痛みが現われているように思えた。言っても解ってもらえない、説明しても軽く流される、それがどうしたの？　同じ人間じゃない……。こんな風にあしらうマジョリティの無意識の暴力――。平良とは時間をかけてゆっくりと互いを理解しあいたいと思った。

自己紹介がなんとなく終わって、クラスの指導案の検討をした。担任する中学部二年の生徒は、フィリピン人のマービン、朝鮮籍のスンホ、お母さんが中国人の村上メイリン、そして班目麻美で、女の子ふたりは歩行可能だが、みんな肢体不自由と知的の重複障がいを持っていた。

このクラスは国際的で楽しそうだね、と言うと、都立学校なのに外国人ばかりに税金が使われていますね、おかしいんじゃないですか？　と返ってきた。それは――、二の句が継げなかった。平良への思いが一瞬にして蒸発した。どうしてそう思い、それをいとも簡単に口にすることができるのか？　これまでずっと、やんわりとオブラードに包むように強制されてきた同化圧力に、過剰に応答した結果なのか……。後の話はうわの空になった。ただ、平良が殊更、〈ぼく先生〉と言い続けるので、〈ぼく〉じゃなくて〈パク〉なんだけど、と言うと、でも漢字読みは〈ぼく〉で間違っていませんよね。ここは日本なんだから――。もう、面倒くさくなってきた。

入学式の前日、教師全員に日の丸に対して起立し、君が代を斉唱するよう職務命令書が出た。校長から呼び出しがあった。はじめは前任校の話とか、この学校の印象とか他愛のない話題だったが、急に表情を引き締めて、明日起立なさいますよね、と聞いてきた。ええ、前任校でも担任を持っていましたから、ちゃんとしていましたよ。すると安堵したように、とにかく立ってもらえればね。座ったままだと目立ちますからね。声の大きさとかは二の次です。それとねパク先生、社会の教科授業を持ってもらいますけど、うちの歴史と公民の教科書は「新しい歴史教科書をつくる会」系のものです。先生にはご意見がおありでしょうが、教科書通りに授業してくださいね。特に日韓の争点になっている竹島問題に関しては注意してください。小森先生の面影が頭の中をかすめた。はい、と返事したくなかった。首をかすかに上下に動かす。校長は探るような眼をしたが、話題を変えた。ああ、それと平良先生をよろしくお願いします。教科も先生と同じ社会でしたね。彼女ね、採用試験の成績が全体の七番だったんです。それでもなぜか第一希望が特別支援学校だったんで、文句なしでうちに来たんです。じゃあ、お仕事に戻ってください。

平良の仕事ぶりは、特別支援学校向きではなかった。子どもに寄り添わず、トイレや車イスでの移動には、最低限しか関わろうとしない。非常勤講師に給食の介助を任せきりにして、連絡帳を書き続ける。たまに子どもを車イスに乗せるときも、平気で軽い足の側に回って、年配の教師や講師に重い頭の側を持たせた。

「平良先生、若いんだから頭の側を持ってよ」

ベテランの女性講師が見かねたように注意した。

「私、学生時代に椎間板ヘルニアをやりまして、重いものは持てないんです」

悪びれることなく応じた。うまい嘘をつくもんだと感心した。誰も確かめられないから、それが通ってしまった。地道な仕事とは裏腹に、コンピューターを駆使した作業には舌を巻くほどの能力を発揮した。写真の整理、クラス便り、壁報の作成、研究授業でのパワーポイントを使ったプレゼンなど。管理職と父兄は学芸大出身の新採教師をもてはやした。子どもたちも、若くて見栄えがする先生が大好きだった。そんな周りの評価を平良はよく心得ている。それを背景に、授業や給食のときの話題を独占した。オリンピックやサッカーのワールドカップのときには、日本選手が活躍し日本が勝つと、壁新聞を作った。

「マービン君はもちろん日本を応援したよね。日本のお世話になっているんだからね」

「昨日の決勝戦、中国と日本だったけど、メイリンちゃんはどちらを応援したの?」

「キム・ヨナと真央ちゃんの順位おかしいよね。あの判定、スンホ君どう思う?」

「明日のサッカー日韓戦、〈ぼく先生〉はどちらを応援します?」

あいまいに笑うだけにしておく。よく見れば、同期の新採四人は、みんな平良を手本のようにして授業に臨んでいる。

そんな調子にだんだん圧迫されていた。平良がこちらを見つめている。その眼差しが気になる。だが、気取られてはならない。すると、一層ぎこちなくなる。入学式の後の「歌ってなかったでしょ?」は、宣戦布告だったのか?

卒業式の予行が始まった。日の丸を仰いで、君が代斉唱。言葉のない子どもたち、うめくように歌う子どもたち。スクラッチで辛うじて立つ子、車いすに座ったままの、あるいはストレッチャーに寝たままの子どもたち。それでも起立斉唱なのか? だが、父兄の大多数は〈普通の学校のように〉を望んでいる。はっきりとした歌声は教師たち。そのなかで平良のソプラノが高く響く……。

職員室に戻ると、平良が近づいてきた。

「〈ぼく先生〉ちゃんと歌わないと、職務命令違反になりますよ。中学部二年の担任として手本になってください。歌うのも仕事ですから。入学式のときは黙っていましたが、卒業式の本番では黙認しません。教員の配置表で確認しましたが、私は先生の隣になっていました。当日は口パクに騙されないようにICレコーダーを準備します」

平良が踵を返す。眼の奥、処分の二文字が鈍重な鉈となって、家族と小森先生の面影を、切り裂く。

鏡の国

釜山《プサン》のこの季節が俺は大好きだ。柳の喬木から飛んでくる綿毛が淡雪のように街に漂う。海に向けて吹き降ろしていた太白《テベク》山脈からの風が柔らかい。寒の戻りの心配がなくなると海の青が濃くなる。影島《ヨンド》大橋がまたぐ水道の向こうの蓬莱山《ポンネサン》、そして俺が通った坂の上にある〈ぼこう〉――日本学校の背後にそびえる天馬山《チョンマサン》の若葉が心を和ます。そんな生まれ故郷の、いまが一番いい。〈ぼこう〉への急な坂道を行く。そこには校舎を彩り、狭い校庭に木陰をつくるために植えられた、釜山の同胞たちが大切に守ってきた桜がある。

三週間ほど前、〈ぼこう〉の校庭で保護者と生徒たち、卒業生と日本部落《イルボン》の同胞が集まって盛大な花見をした。久しぶりの日本料理とビール、日本酒、芋焼酎で興に乗った一世たちが、ソーラン節や木曽節で踊りだす。「リンゴの歌」や「港の見える丘」などの懐メロや最新の歌謡曲も延々と続いて、最後は「青い山脈」だ。一世から四世まで、みんなが肩を組んで歌を空へ放りあげる。それに続く〈ぼこう〉の校歌でみんなが涙ぐんだ。今年の盛り上がりは特別だった。そこには在朝日本人社会を覆う恐れと不安を、必死で拭おうとする痛々しさがあった。校庭の樹々はもう葉桜になっているはずだ。でも俺は、最後に〈ぼこう〉と桜の樹を見ておきたい。

チャガルチ市場と南港に挟まれた日本市場——陰で朝鮮人が蹄《チョッパリ》市場と呼んでいることを俺たちは知っている——と、その山側の地域が釜山最大の同胞集住地域だ。親父から聞かされた一家の脱出物語や、〈ぼこう〉で学んだことで断言できるが、わが在朝日本人同胞の歴史は苦難の連続だった。

——鏡暦《かがみれき》一九四五年八月、祖国・日本は侵略戦争に敗北して連合国に無条件降伏した。米ソの合意によって国土は、大井川—諏訪湖—糸魚川を結ぶ直線＝井湖川線で東西に分割されることになり、東側にソ連軍、西側に米軍が進駐して、日本軍は米ソの軍政下で武装解除された。東京は米ソの共同占領で合意したが、鏡暦一九四六年二月、米国は空襲しなかった京都を占領の中心地にする方針に転換して、天皇一族を連れて東京を去った。朝鮮では米ソ共同委員会が半島を緩衝地帯とすることに合意して、三年の信託統治をへて非同盟中立の朝鮮民主共和国（朝鮮）が樹立された。米ソ対立が激化すると、東西日本ではそれぞれ急ピッチで再軍備が進行した。東側ではソ連と中国から復員した下級将校を中心に人民軍が編成された一方で、西側は旧日本軍の将軍が横滑りして国軍が組織された。こうして、朝鮮と時を同じくして東側に日本民主主義人民共和国（共和国）、西側に大和国《やまと》（和国）が樹立された。ソ連軍は共和国樹立とほぼ同時に東から撤退し、その一年後には米軍が軍事顧問団を除いて駐留軍を撤退させた。ところが鏡暦一九五〇年六月、共和国が民族の統一と真の民主化を掲げて和国に全面攻撃を敢行した。戦犯として裁かれなかった天皇と、復活した旧軍・特高警察・高級官僚、空襲と原爆を投下した米国への民衆の反感は根深く、共和国軍は労せずして下関まで進撃し、九州制圧が始まろうとした。そのとき——九月六日だった——米国が東京に原爆を投下し、約二十万人が死亡した。さらに横浜への原爆攻撃を発表し、保留の条件として、井湖川線以東への共和国軍の撤退と無条件の休戦、三か月間の国家選択のための住民自由往来期間の設定をつきつけた。ソ連の核は実用化されておらず、原爆被害復旧も至急だった。共和国側は要求をのんだ。共和国軍の撤退に和国地域の左派系市民の多数が同行する一方、東から西へも多くの人々が動いた。日本列島での二度目の戦後、和国は憲法を改正して大日本帝国憲法の条文を大幅に復活させ、天皇を元首とする立憲君主国となり、赤狩り旋風が吹き荒れた。共和国では社会主義憲法が採択され粛清が進行した。戦争と国家選択で膨大な離散家族が生まれ、赤狩りと粛清によって大量の難民が朝鮮へ向かった。これが植民地時代に続く、第二の在朝日本人社会形成史の概要だ。俺は祖父が赤狩りを逃れた長崎県大村からの脱出難民三世になる。

朝鮮政府は日本人難民に寛大な政策をとった。解放直後に組織された人民委員会が、約八十万人の在朝日本人の生命保障と財産の接収・管理、帰国の便宜を図った。その結果、六十万人が一年以内に帰国したが、日本の東西分割と政情不安などで、約五万人が再び朝鮮へ密航してきた。戦争と粛清を逃れた難民は十万人前後と推計された。朝鮮政府は日帝時代からの在留者と難民ら、旅券なしで在留している日本人の実態把握と在留資格の整理のため、申告すれば特別永住資格を与えると布告した。これに対して植民地支配の記憶が生々しい一部の朝鮮民衆が強く反発して釜山《プサン》や木浦《モッポ》、済州島《チェジュド》の難民キャンプへの襲撃事件が起こり、多数の死者がでた。だが朝鮮政府は、日帝の轍を踏まず人道を重んじると、この方針を堅持した。こうして形成された在朝日本同胞は現在、四十万人を数える。

——半殺しにされそうだったんですよ、と甥の洋三が一週間前、「在朝特権を許さない民族の会」＝在特会の奴らに囲まれたときの恐怖を話していた。〈ぼこう〉に通う洋三は、同級生の大川、桜井、徹太郎、早苗らと繁華街の西面《ソミョン》を歩いていて、在特会がデパート前で街宣しているのに遭遇した。

同胞たちよ、強盗日帝支配を忘れたのか！　チョッパリ（日本人）は虎視眈々と朝鮮支配の機会をうかがっている。その先兵が在朝チョッパリなのだ。奴らは罪を犯しても特別永住資格で国外退去させられない。おまけに健康保険、年金を始め、われわれと同じ社会保障を受けている。それは朝鮮人差別だ。和国からの不法入国者をかくまい、治安を悪化させているのがチョッパリだ。特に許せないのは、最悪の不況のために朝鮮人の失業者と自殺者があふれているのに、チョッパリ学校に多額の補助金を与え、チョッパリを生活保護で優遇していることだ。朝鮮人の血税は、朝鮮人のために使え！　チョッパリ！　倭奴《ウェノム》！　沢庵臭い犬畜生《ケーセッキ》！　ゴキブリとゴミを始末しよう！　害虫駆除をためらうな！　死ーね、死ーね、チョッーパリ！

罵詈雑言の嵐だったという。恐れをなしてそこから離れようとしたとき、徹太郎が日本語で、

「おかしいよ。うちの両親は必死に働いて税金もちゃんと払っているのに」と早苗にささやいた。在朝二世以降の母語は朝鮮語だが、朝鮮人に聞かれたくないことは〈ぼこう〉で習得した日本語で話す。その瞬間、近くにいた少女が、こいつらウェノムだ！　と叫んだ。十四、五人の在特会メンバーが走り寄ってきた。

お前チョッパリ学校の生徒か？

ウェノムのくせに道の真ん中を歩くな！

東海《トンヘ》に叩き込むぞ！

和国のスパイはでていけ！

殺すぞ！

トラメガの叫びにメンバーが呼応して、一帯は騒然となった。逃げようとした大川が足をかけられて転ぶ。同時にグループの小男が自分でごろりと転がった。

こいつに蹴られた、警察を呼べ！

逮捕！　逮捕だ！

この野郎！　ぶっ殺してやる！

大川が足蹴にされ、徹太郎が殴られ始めた。早苗がやめて！　と泣き叫び、洋三も必死に、やめて、助けて！　と哀願しているとき、警官がきた。洋三たちと在特会のメンバー全員が派出所へ連行された。

警官は朝鮮では憎悪煽動《ヘイトスピーチ》が禁止されている、さらに先に手をだしたのは在特会側だとの目撃者の申告があった、と通告して奴らを本署に送りこんだ……。

九年前、和国が独島《トット》を、竹島は固有の領土だと主張し、在和米軍、米領沖縄米軍と共同で、東海での軍事行動を強めた。そもそも朝鮮は、植民地支配の謝罪と賠償をしない和国とは国交がなかった。その一方で共和国とは国交があり、共和国と〈ぼこう〉の関係は強かったが、共和国はソ連の崩壊後に窮状を深めていた。

多くの朝鮮人は、日本人の民族教育に対して、植民地支配の記憶と和国の動向から、警戒心がとても強い。建前としての民族教育の権利保障も、右傾化している朝鮮の政治状況のなかで、揺らぎ始めていた。

在特会が法の網をかいくぐって、全国で憎悪煽動とヘイトデモを活性化させたのは、一昨年の大統領選挙後からだった。保守を大同団結させて分裂気味の進歩的民族陣営を僅差で破り、解放後初めて過去に植民地支配の片棒を担いだ親日派系譜の李正煥《イヂョンファン》が当選したからだ。親日派が反日を煽動するのは、不思議でも何でもなかった。それが保守派を結集させ、国民情緒を刺激できるからだ。もちろん在特会は多数じゃない。多くの朝鮮人は憎悪煽動に嫌悪を示し批判している。だが李政権は、和国の挑発的な言動を口実に、本気で在特会を取り締まらない。ひたひたと押し寄せてきているなにかが、ネットに乱舞する無限、無尽蔵のヘイトとともに、俺たちを怯えさせている。

在朝日本人はいま、恐怖のなかに生きている――

三日前、とうとう悲惨な事件が起きてしまった。放課後、平壌《ピョンヤン》にある〈ぼこう〉に侵入した男が、民族楽器クラブの部室で琴を弾いていた女学生にガソリンをかけて火を点けた。彼女は焼死し、〈ぼこう〉は半焼した。犯人は軽いやけどを負ったが、〈ぼこう〉の敷地内で教師らに取り押さえられて警察に引き渡された。取り調べの結果、男は在特会とは無関係であることがわかった。また、精神科に通院している事実が確認され、今後刑事責任能力について問われる可能性がある、と報道された。在朝同胞社会は恐慌状態に陥った。仮に、犯人の男に刑事責任能力がないとしても、同胞女学生の惨死は、在特会による憎悪煽動と、李政権のレイシストに対する〈共犯的な寛容〉によって誘発されたものだ。それを在特会や李政権と彼の与党が否定しようとも、法廷が因果関係を否認しようとも、俺たちは恐怖に沈黙する。彼女の痛みに、無念を晴らす手立てもなく……。

〈ぼこう〉の古ぼけた校舎と校庭。ここで俺は民族の言葉と文化を学び、柔道に打ち込んだ。女子の着物姿や日本舞踊、琴や三味線の音色にうっとりし、和太鼓のリズムで躍動する青春を謳歌した。共和国も和国も祖国だと、平和統一を願い、集会を開きデモをした。日帝の植民地支配の残虐性も学んだ。日本人の誇りは、過去を心から反省、謝罪し、朝鮮人をはじめアジアの人々との友好連帯を築くことで培われる、と教えられた。だが朝鮮人に差別されるたび、〈ぼこう〉の教えがきれいごとだとあざ笑った。日本も朝鮮でいいことをしたといいたかった。

葉桜の木洩れ日の中に立つ高鉄棒にぶら下がった。学生時代にはたやすくできた蹴上がり。何度やっても失敗した。両肩に鈍い痛みが宿る。三十一歳、独身の失業者。畜生、黙ってたまるか！　沈黙を破る狼煙をあげるんだ。……こんなになまった躰で？

明日、在特会会長の李根安《イグナン》が、俺の古巣・日本《イルボン》市場を包囲するデモをやると予告した。下見は済ませた。俺は同窓の片山の店でトイレを借りる。そこで服のポケットというポケットに、シンナーを染み込ませたスポンジを仕掛ける。そして、全身にもまんべんなくシンナーをまぶす。手錠を両手にかけてライターを握る。デモ隊が憎悪《ヘイト》を撒き散らしてやってくる。俺は飛びだし、先頭にいる李を両腕の環に捕捉して点火し、奴の運命を俺のものにする……。

あるところ……

首都中心地に建つ超高層の五つ星ホテル。最上階のスイートルームでJは、〈誰か〉を待っていた。ここに入ったのは指定時刻の十五分前だった。

十日前、輸送機からの降下訓練を終え、帰隊のために車両乗場へ向かっていると、すっと後ろから肩を並べた中隊長が「極秘命令を伝える。そのまま自然に歩け」と言った。そしてJが新たに組織された〈特級指揮組〉に選抜されたことを告げた。

――質問はするな。されても答えられん。俺は伝令に過ぎん。言えることは五点。指揮―命令の要には副司令がおられる。全国の部隊から君と同じ尉官級が適当数選抜された。厳重なる守秘義務が課せられ、下命は対面に限らず多様な方法でなされる。そして、任務に耐えられない、と判断したら即刻申告せよ。即時選抜解除、後顧の憂いなし、ということだ。具体指針――○○日十九時、私服で××ホテルへ出頭せよ。フロントでFと名乗れ。帰隊は翌十九時とする――。君は期待されているということだ。いずれ俺の指揮官になるんじゃないか。おっと、これは余計なことだった。忘れてくれ……。

Jは二十畳ほどあるリビングルームのソファの下座に腰を下ろした。そこは一枚ガラスでL

字型に取られた窓に正対する位置になる。窓は夜空に同化して黒い鏡になり、灯に浮かぶＪと室内を映していた。ベッドが……ないな。いま気づいた間抜けさに少し腹が立った。緊張しているのか……。ふむ、あのドアの向こうがベッドルームか。まあ確認はいいだろう。多分使わんだろうし。Ｊはそう心中に呟いて、窓に近づいた。眼下で明滅し、遥かに拡がる人工宇宙。夜景は訓練で見慣れているが、首都中心部への降下訓練はなかった。胎児のようにガラスに守られて見る夜景は美しかった。すぐ真下に流動するヘッドライトとテールランプに縁取られた楕円の漆黒がある。

——ああ、陛下がおわす場所、と了解した瞬間、Ｊはその闇からの重力に緊縛されていた。そして数瞬後、見下ろすのは不敬だ、と次の無意識に促されて、ソファへ戻った。

時計を見る。定刻の五分前だった。——入口のドアロックが解ける音。Ｊは反射的に立ち上がる。ドアがゆっくりと開く。茶色の杖の先が見えた。全身が現れる。百歳にも見える老爺！　右手に杖、背中が曲がり気味で、枯木のようだ。彼は左足を引きずりながら、まっすぐ上座のひとり掛けソファへ来て、立ったままJに視線を向けた。不気味なほど黄ばんだ皮膚に薄汚れたしみを浮かべた老人は、その不健康な顔色に似合わず、窪んだ細い両眼の奥に青白い燐光を灯し、全身から得体の知れぬ気を放出した。頭から背中へ焔が駆け抜けるような緊張が走ったＪは、嫌な臭いを嗅いだ感覚に襲われて、弾かれたように踵を合わせて、敬礼した。

——Ｙ国・防衛隊・自衛大臣直属中央即応群・空輪特戦団・団本部中隊少尉、Ｊであります。

本日は下命によって、参上いたしました！

老人の口辺に微笑に似た仄明るい光が一瞬漂ったように見えた。だがそれはつかの間で、口許は翳り、眼の燐光と得体の知れない気も不意に消え失せると、左掌を上下に動かして、着席を促した。そして、自分も杖を支えにどすんと尻を落とすと、もぞもぞと腰を動かしてソファに深々と身を委ね、息を整えた後、しゃがれ声を発した。

――君のことは、完全に把握しているから、申告を受ける必要もないが……。私は昔から申告を聞けば、その軍人の任務への決心がわかった。その評価は外れたことはなかったよ。まあ、このスイートルームで、さて君は申告をするか、それともしないか、とも考えたがね……。

言葉は宙吊りのまま途切れた。Ｊは舌を巻く。老人はＪが彼の評価に気を揉んだことを見透かし、また、そのように仕向けたのだ。旧大Ｙ帝国軍人で戦後に防衛隊の基礎をつくったＯＢに違いないこの老人に、Ｊは完全に制圧されたと感じた。

――〈特級指揮組〉は、公のものではない。だが、我が防衛隊、ひいては我が国にとって、必ず必要な組織だ。なぜか？　それは追々、君が訓練を遂行する過程で納得するだろう。

しわがれ声はあくまでも淡々と、そして冷えびえとＪに届いた。

――さて、これが本題だが……敵と戦ったことがない軍隊が、いや、もっとはっきり言おう。要は敵を殺したこともない、防衛隊の将軍、将校、下士官が危急のとき、国を守るという、すべてに優先する絶対任務を立派に遂行できるのか、ということなんだよ。これが、君が片時も忘れてはならない、〈あるところ〉からの問いかけだ……。

　Ｊは、自分は敵を、人を殺した。それも十人や二十人ではない、と含意する言葉を経験に即して語る人間と対座していることを悟った。末席に連なった酒席で、法螺話としか思えぬ武勇伝を得々と語る老ＯＢとは人間の種類が違う。さっきの緊張と忌避感はこのせい？　……〈あるところ〉とは？　Ｊはこの老人に恐怖を感じ、自分を守るために薄ら笑いを浮かべていた。

　──ふむ、君は勘がよい。上部の意図を猟犬の如く忖度できるようだ。有望であり、かつ……。

　語尾を濁した老人が、眼の奥に燐光を灯して低く呟くと、立ち上がるために杖を部厚い絨毯に突き立てた。介助しようとするJを制した老人はつけ加えた。

　──今晩はここに泊まりなさい。ここには平素の君が口にできない高級料理と酒が揃っている。大いに食べ、好きなだけ飲むことだ。これは〈特級組〉に選抜されたJ少尉への私からのお祝いだ。ただし、ひとりで、だよ……。

　Ｊが老人と対座した時間はかっきり十五分だった。

　翌日、Ｊは団本部中隊から特殊作戦群・諜報課に配置転換され、副司令付となった。実技訓練は随時参加でよし、下命に従い対外活動に重点を移す、と副司令から告げられた。活動費は副司令の機密費決済となる、とＳｕｉｃａ機能付のゴールドカードが渡された。その名義はホテルで名乗ったＦであり、同じ名義のスマートフォンが支給された。驚いたことに下命は副司令からではなく、スマホに組み込まれた量子暗号ネットワークシステムで行われるという。Jは幹部隊舎の居室で、ゴールドカードとスマホをテーブルに並べて、凝っと見つめた。老人の黄色い顔、眼のなかの燐光が蛍火となって、Jの頭蓋のなかを揺らめく。これで完全に〈あるところ〉に支配されることになったと覚悟した。

敵を制圧する。究極的には殺す――。それは防衛隊が日常的に訓練していることだ。これに加える訓練とは……？　遊軍として参加した夜間ヘリボーン訓練では、89小銃と9ミリ拳銃のダブルウェポン武装だった。……だが俺は、それで敵を殺したことは、ない。Jは訓練を終え、装備を返納しながら、再び老人の言葉が頭蓋の奥に灯るのを意識した。

渡されたスマホが初めて振動した。暗号メール。暗号解析アプリを起動する。数秒後、ディスプレイに文字が浮かびあがった。

――指示はすべて訓練である。〈特級組〉全員が同じ訓練に従事していることを肝に銘じよ。孤軍奮闘するわけではない。敵への憎悪を養え！　屍を怖れるな！　その手で国家と社会の敵を処断せよ！　J少尉は〇〇日十三時……。

Jは、Y国がかつて植民地支配した民族が集住し、店舗を営む地域に隣接する公園にいた。下命の後ネット検索し、心づもりはしていたが、この民族の排除、ひいては絶滅すら主張するZTグループの、陛下を称える国歌の斉唱で始まった集会の熱気は、想像を超えていた。特定されないよう偽装せよ、コールは忠実に叫べ、との指示だった。追い出せ、叩き出せ、首吊れ、殺せ、絶滅せよ、殲滅せよ――。白昼堂々こんな言葉を叫ぶとは……。Jも、かの民族を何故か快く思ってはいない。だが、そこまでの憎悪を抱いているわけではない。

殺せ！　殺せ！　殺せ！

普通の市民風、ギャル風、まれに迷彩服。国旗を掲げて進軍するかの如きデモのコールに同調する。店の者たちが怯え、街が凍りついている。相手を嫌がらせるためだけに発する言葉。その圧倒的な破壊力。理論でも理性でもない情念。無意識だったあの民族への忌避が意識化され、それに比例してY国人である優越感が、殺せ！　の連呼とともに、Jに浸潤した。

ZTグループの集会とデモへの参加指示は、ほぼ週末ごと。それと並行しての訓練は、消防レスキュー隊への出向だった。レスキュー訓練や交通事故、火災現場への出動は、特戦団の経験があるのでどうということはなかった。まれに、焼死体の捜索と移送があったが、鉄道自殺現場のレスキューほどのダメージは受けなかった。鉄道自殺への出動は、Jにとって断裂した人体を目の当たりにする初の経験で、衝撃は大きかった。虫の息の呻きを聞き、原形を失った肉塊を車両の下から引き出す作業――高層ビルからの投身自殺も加わり、ひっきりなしの現場への出動は、〈平和な戦場〉の存在をJに教え、彼はいつしか鮮血と肉片、人の死に対して無感覚になっていった。

Jが〈特級組〉に選抜されてから三年。彼は中尉に昇進していた。その間に、憲法で禁止されていた集団的自衛権を認める閣議決定がなされ、防衛隊の海外派兵の範囲と武力行使の制限を大幅に緩和する戦闘法が与党によって強行採決された。国会はこれに反対する市民に包囲され、反対世論は高まった、とマスコミは報じたが、その後に行われた選挙では与党が圧勝した。

Jはこうした政治の動きを注視していた。そして、この国の民意を確信した。国を守ることとは、すなわち防衛官の自分の身を守ること、つまり敵を殺すことだ。Y国を守ってくれる同盟大国の後方支援ができないことや、海外での防衛隊員の武器携行と使用が認められない不条理が破られたことを喜んだ。

消防レスキューへの出向が解かれて駐屯地に戻って三週間たったとき、首都拘置所での訓練が命じられた。八時半、最寄りの私鉄駅に着いたら、指定された番号にコールすればよい、との指示。Jには予感があった。

拘置所の門衛に、電話の相手から名乗れと言われた〈E〉と告げる。すでに〈あるところ〉から指示が下りているのだろう、門衛詰所で待機していた五十歳ぐらいの刑務官が、こちらへ、と先に立った。本館に入ってすぐの更衣室で刑務官の制服に着替えた。そこを出て廊下を進み、二度ほど角を回ったかなり奥のエレベーター。人荷兼用らしく大きい。地下一階へ。やはり……。エレベーター正面に鉄製で灰色の観音開きの扉。刑務官は両手で押して大きく開いた。十二畳ほどの広さ。正面に祭壇。壁は木目の化粧板が打たれ、床にはグレイで厚手の絨毯が敷かれていた。正面右手に青色のカーテンで仕切れるようになっている刑壇室。五人の刑務官が待っていた。十畳ほどの広さの刑壇室の正面は全面ガラス張りで、向こうにバルコニーのような執行確認室が見えた。左手前隅にボタン室の入口がある。中央に一メートル四方の赤枠が書き込まれている。これが落とし板の位置か……。その真上に滑車。そこから直径三センチぐらいの絞首ロープが口を開いて、頸の高さに降りていた。輪の頂点に楕円形の鉄の鐶《かん》。輪の表面には黒ずんだ革が巻かれ、油がひかれているようで、蛍光灯の光をてらてらと反射している。この黒ずみは吊られた死刑囚の血、涙、冷や汗、鼻水、よだれ……。凝視するJに、ロープは部屋の右隅奥のウインチ室の滑車につながっている、と刑務官のひとりが説明した。重力に任せて落とすと、頸が切断することもあるので、きっちり締まって苦痛を最小化する速度に調整して落とすんです――。死の苦痛の軽減？　Jは嗤いそうになった。案内の刑務官が不要な説明だ、と遮るようにJに躰を寄せて耳元で言った。

――執行は明日午前十時。三人を殺した四十八歳の男です。あなたは右手にある部屋でボタンを押してもらいます。今日の予行であなたは、死刑囚役になってもらいます。断っておきますが、これも〈あるところ〉からの指示です。

Jたち七人はエレベーターまで戻った。Jの両腕を刑務官が取る。前後にも刑務官。案内の刑務官が先導する。彼が保安課長なのを刑務官らの会話で察知した。祭壇部屋で右に向く。青いカーテンは閉まっている。

――目隠しは省略します。

保安課長の声とともに、すっと後ろ手に手錠。カーテンが開かれ刑壇室に入る。ふたりはボタン室へ。Ｊは赤枠の中へ誘導される。刑務官のふたりはＪの左後ろに立ち、ひとりが右後に跪いた。装着！　保安課長の低い声。瞬時にＪの頸に輪がかけられ、ぼんのくぼに鐶がぴたりとはまり、両膝が縄で固められた。その瞬間、Ｊの全身の血が沸騰して暴走し頸の周りを駆け巡る。刑務官が音もなく祭壇室まで移動した。

——殺される！

——執行！

保安課長が右手を挙げた。ボタン室で人が微かに動く気配。Ｊの意識が地下へ走る……。

翌日の執行は予行通りではなかった。小太りで生気の失せた死刑確定者は、それでも力の限り抵抗した。いやだ、いやだ、と哀願した。目隠しされ、腰が抜けた彼を、Ｊも刑壇室に引きずり出すのを手伝い、ボタン室に待機した。三個のボタン。Ｊとふたりの刑務官が手を添えるボタンを押すとひとつが通電して一瞬で落とし板が開く。ふたつはダミーだが、Ｊには暗号システムで、君のボタンが通電すると通告されてあった。銃も、通電ボタンも、人を殺す装置であることには変わりない。

——執行！

国家社会の敵を、Ｊは、その手で、殺した。

Ｊはその後、一年のうちに五人の死刑を執行させられた。Ｙ国の死刑賛成の世論は上昇し続けており、年間の死刑執行も三十人台に達していた。自分がやっていない死刑囚は、〈特級組〉の同僚が殺しているのだろう、と考える。命令に従ってだが、自分とは関わりのない人を……いや違う、関わりはある。彼らは殺人者だ。社会の敵を国家と被害者に代わって処断した……。だが人を殺した事実は、取り返しがつかない。人間としての何かを失った、のかも知れない。そんな思いが、確定死刑囚として四十八年拘禁されたHの冤罪が晴らされて釈放されたニュースを見て、Jのなかに癌のように巣くってしまっていた。

大尉に昇進したJは、四年半前と同じ場所、時間に、老人を待っていた。ロックが解除される音を聞いて、Jは直立不動の姿勢をとった。老人は電動車イスに乗って部屋に入ってきた。Jは老人がひとり掛けソファに座るのを介助した。

——〈特級組〉の仕上げの訓練を直接下命する。

老人は眼の奥の燐光を灯したままでJを見つめて言った。はっ、とJは応じた。

——〈あるところ〉の問いを憶えているかね？　その答えはこうだ。〈特級組〉の存在意義は、国のために敵を殺した者らが指揮官になって、準戦闘地域に派遣され、部下たちにその経験ができる指揮をする。それを積み重ねて、経験者を増やしていくことなのだ。〈特級組〉は、始まりの、始まりだ。前回の中部アフリカ派遣とは比較にならない規模で、中東地域に防衛隊部隊を派遣することが決まっている。派遣部隊の中隊長は全員、〈特級組〉だ。そのように編成する。まだ極秘だがね。いまの国会状況ならまったく問題はない。今回は大規模な戦闘が起こるよう綿密に準備している。そうして敵を殺した人間が増える。また、敵に殺された人間が出れば、敵を殺せ！　という国民の情念は強まる。それでいいのだよ。わかるかね。戦場で敵が消し去られた瞬間、不均衡の欠如が生み出され、そこで新たな敵が自然と形作られ補充されるんだよ。これが戦場の法則だ。この法則を「平時」にも貫徹するようにさせる。これも〈特級組〉の任務なんだ。

――敵、を決めるのは誰なんです？　それに〈あるところ〉は、何処なんです？

Ｊは封印したはずの疑問を吐露してしまった。相手の眼で燐光が燃えた。しまった！

――ぷふい、〈あるところ〉とは、君自身だよ。〈戦争は平和である〉と思える私たち自身だ。人を殺さない、殺してはならない、と念じているのに、人を殺せる、殺す、我々だよ。君に下命した〈あるところ〉は人間の、その一方の究極へ進もうしているに過ぎない。だが、殺さない側の〈あるところ〉も存在している。それも君自身だ。いまはこちらが優勢だが、それに安心できぬ。だから〈特級組〉だ。さあ、第二の質問の答えが出ただろう。で、敵を決めるのは、君じゃない、誰かだ！　あっは、君が決めたんじゃないから、味方を、敵だと、殺しても、言い逃れができるじゃないか。だが、味方を、友人を求めるのは、君自身だ！

老人は不意に話を切った。そして、少し間をおいて、それでいいかな――と、これ以上質問は受け付けない態度で、訓練の仕上げをＪに下命した。それは、〈特級組〉訓練を受けながら、除隊を申出た者の除去だった。

――現職防衛士官の失踪、それはＤＰＫ国の拉致とすればよい。その演出は我が国の世論なら容易いことだ、と老人は嗤った。任務は〈特級組〉十四人で実行する。除隊を申出た士官も送別会をすると偽って駐屯地に呼び出すことになっている。J大尉、〇〇日二十時、M県北部駐屯地に出頭せよ、方法は追って指示する。以上！

Jは、煩悶を隠し直立不動の姿勢で、拝命しました、と受けた。

――緊張するな、大丈夫だ、敵を殺せば団結が強まるんだよ。

老人は微笑みながらスマホをとり出し、ボタンを一度押した。エレベーターホールの暗がりから四つの黒い人影が、動き出した。彼らの任務はJの除去だった。

新・狂人日記

ぼくは、あなた、です——。

ぼくは五年生のとき、カエルの飼育に熱中して、頭と躰の隅々に蠱毒《こどく》を行き渡らせた。それは偶然見てしまった、あの光景に魅せられたせいだった。

田植えが終わった近くの田んぼで、オタマジャクシ二十数匹をタモですくうことができた。ぼくは大喜びで空き缶に移して家に持ち帰った。ちょうどいいことに数日前、玄関のげた箱の上にあるプラスチック製の小さな水槽の金魚が死に絶えていた。ぼくはそこに新しい水を張ってオタマジャクシを放した。まん丸の小さな眼と、おちょぼ口がついた黒くて楕円形の頭。笹の葉の形をした長い尾を動かして、それぞれが勝手気ままにゆらゆらと泳ぐ。その姿は愛嬌があって、見ていて飽きなかった。母が教えてくれたので、鰹節を細かくして与えると、待ちかねていたように一斉に水面に群がって食べ続ける。最初にいれた鰹節は瞬く間に無くなったので、もう一度与えた。こんども盛んに食べていたが、やがて満足したのか、水底へ降りてあまり動かなくなった。食べ残された鰹節は、水を吸ってボタン雪のように水中を舞っていく。頭の上や口元に落ちてきた鰹節に、カエルの子どもたちは石になったように無関心だった。それでぼくは観察に飽きてしまい、居間へ行ってテレビをつけた。夕飯を食べ、風呂に入ると、オタマジャクシのことはどこかに行ってしまっていた。布団にもぐりこみそのまま眠りについてしまった。

明方の夢だったのだろう、オタマジャクシたちが「お腹が空いたよ」と騒いでいた。餌をあげなきゃ、と追われるように目覚めたことを記憶している。水槽の水は薄茶に濁っていて、嫌な臭いを立ち昇らせていた。中の生き物は半分になっていた。水面には漣《さざなみ》が立ち、いままさに喰われている三日月型に欠けた頭の奴に、オタマジャクシが群がっていた。水底には喰い残された笹形の尻尾が、ふやけてかさを増した鰹節と一緒に漂っている。餌が足りないいんじゃない！　新鮮な肉がうまいんだ！　ぼくは恐る恐る三日月頭を人差し指でついた。ぱっと楕円の頭の群れが散る。喰われた頭の断面に赤黒い肉と白い骨らしきものが見えた。そこから黒い木綿糸のような腸が、だらりと垂れ下がっている。と、ひくひくと口が動いた。三日月頭はまだ生きていた。辛うじて頭につながっている尻尾が痙攣したように水を掻いて、水槽の隅へ移動した。いったん逃げた奴らが、またそいつに群がった。ぼくの頭はおぞましさに沸騰しながらも、ある毒が煮つまる感じがしていた。

尻尾が頭から喰い千切られて沈み始めた。まだ肉がついているそれに二、三匹がむしゃぶりつく。三日月頭がどんどん欠けていく——歯がカチカチ鳴る音。喰いつくこいつらの？　怯えるぼくの？　それが合図だった。一番強い奴が、どんなカエルになるのか見てみたい！　そんな思いが興奮のなかで閃く。そのときもう、弱く哀れな犠牲者は、喰いつくされていた。

母がこれを見たら、捨てろと言うに決まっている。ぼくは外の水道で、共喰いの残骸と鰹節を流して水を替え、水槽を部屋に持ち帰って机の上に置くことにした。生き残っている十二匹のオタマジャクシたちは、血の臭いが失せた澄んだ水底で、黒豆のようにじっとしていた。

それから二日間、水槽は平和だった。オタマジャクシたちは適当な距離を保ってのんびりと動き回っていた。でも餌を与えていないので、楕円の頭が少ししぼんでいるように見える。このままでは飢えて死んでしまうかもしれない。朝になったら鰹節をやろう、と決めて布団に入った。

水音がした。カチカチと歯の鳴る音もする。眼を開けようとしたが、どうしても開けられない。躰を起こそうにも、胸にぬらりとした柔らかく生臭いもの――それは巨大化したオタマジャクシに違いない――が押しつけられていて、動けない。夢だ、夢だ、夢だ……。

朝だった。水槽は? 血で薄く朱に濁った水の底に、喰い残された尻尾が四本。八匹に減ったオタマジャクシのうち、二匹が他に比べて一・五倍ぐらいの大きさになっていた。それを見て、ぼくには次に起こる光景が、容易に想像できた。できることなら、それをこの眼で見たいと願った。水を替えて濁りを取ると平和になってしまうようだ。尻尾だけをすくって捨てた。朝食を急いで済ませ、登校時間のぎりぎりまで水槽を見続けた。だが、ぼくが見たいことは始まらなかった。

学校で水槽の話はしなかった。共喰いを恐れながら楽しんでいることは、誰にも言えない。ぼくはひょうきんで、勉強もできる、いい奴。そうみんなに思われている。だから、これは秘密にしておかなければならない。人知れぬ恥ずかしさ、暴露されない罪を、ぼくはこれで身につけていたかも知れなかった。でも、とぼくは思っていた。ぼくの水槽と、この教室はそっくりだ、と。すぐに怒鳴りちらす担任の社会科教師は、社会主義国のソ連や中国が理想だと言った。強いものが生き残る、とも教えた。勉強ができない子どもたちを露骨に差別していた。クラスが学年トップの平均点を維持するために、統一テストの日は、小児麻痺の女子と、川向うから来る男子、いつもニンニク臭い息を吐く鼻たれ小僧を欠席させた、という噂がたっていた。だけど、ぼくらはこの担任が好きだった。この先生のおかげで学年一位の称号を誇れるのだ。

あっ！　ぼくと知弘《ともひろ》君は、水槽の頭が大きくなったオタマジャクシに似ている。似てはいるが、はっきりしているのは、ぼくがどうしても知弘君にはかなわないことだ……。

水槽の水はさらに濁っていた。頭の大きな二匹は、最後の獲物にかじりついていた。ぼくは自分が、ときに冷たく光る担任の眼をしていると思った。争わせることの楽しさ、それを操る面白さ。惨めにやられる奴の哀れさが、言い知れぬ快感をもたらすことの不思議さ。ぼくはこうなるように仕向け、思い通りになっていることに満足していた。でも、この光景も少し見慣れたものになってきていた。最初のときほどの興奮はなくなった。ぼくは冷静に光景を観察していた。

カチカチと喰われていく獲物から血が煙のように流れている。ふたつの楕円が、黒の半円をやがて三日月型にした。喰っている奴の少し大きい方をトモヒロと名づけた。トモヒロが盛んに尻尾を動かして獲物を独り占めしようとしている。そいつの胴体と尻尾のつけ根に、短い足が生えてきていた。少し小さい方は、ボクになるが、そいつにもやがて足になる突起が見えている。まだ足の形にはなっていない。次の勝負が見えている気がした。まるで、現実のぼくと知弘君のように……。

トモヒロが獲物からボクを引き離すことに成功した。ボクは尻尾を必死に振って追いすがる。水槽の壁に阻まれて獲物は行き場を失った。ボクはまた獲物にありつくことができた。カチカチカチ……喰うのに理由はない。喰うことがすべて。眼の前のものを喰う。ただ、それだけ――。ボクに独餐を邪魔されたトモヒロが獲物から離れた。満足したのか？　いや違った。少し潜って躰を反転させたトモヒロは、凄まじい勢いでボクに突進した。ボクの躰の半分ほどが水の上に出た。すでに息絶えている獲物は、突発した津波で別の隅に流れていく。それをボクもトモヒロも追わない。ああ！　ボクが躰をくねらせてもがく。トモヒロがわずかに生えているボクの足に喰らいついている！　鮮やかな赤い煙が、水の中に漂い始めた。

スタンドに照らされた水槽の底に、ボクの尻尾が揺れている。いつ灯りをつけたのか憶えていない。トモヒロの最初の攻撃が始まったとき、部屋はまだ明るかった。誰かがいる気配がして振り向く。誰もいない。部屋の隅の闇がいつもより濃く見えた。身震いした。初夏の長い夕暮れは終わっていた。激しく争うのかと思っていたが、決着はあっけなかった。ボクはトモヒロに抵抗らしい抵抗もせず、もう片方の足を喰われると、後は観念したように、なされるがま、しかし、その口を苦しげにパクパクさせながら、カチカチカチと腹の方から喰われていった。口が消え、眼が喰われた。トモヒロがバフリとなにかを吐き出した。小さなどす黒い塊。その中のふたつの点が光を反射した。眼の玉のようだった。水はますます濁りを増した。北斗七星の柄杓の形に喰われたボクは水底に沈み、笹の葉に仕上げられた。トモヒロは石と化した。

見届けたぼくは、トモヒロに怖れをなした。この水槽で起こったことは、教室で起こることを予言している。ぼくはいずれ知弘君にやられる。水槽の共喰いを演出したぼくのように、担任は、ぼくがやられるのを笑いながら観察するだろう。

水槽から腐ったドブの臭いが流れてきた。空気が動いた?　誰かいる?　誰もいない!　耳をすますと、居間のテレビの声が聞こえた。少し前、母が帰っているのか、と聞いてきたので、宿題している、と返事したはずだ。違う、誰かじゃない。見届ける前のぼくと、見届けたぼくという、まったく別のぼくがいる。――ぼくはオタマジャクシじゃない。だまってやられない。この運命をくつがえす手立てがあるはずだ。ぼくは、毒がまわったように濁った水の中で、まばたきしないトモヒロの眼と闘いながら、頭の中をまさぐった。

知弘君が学校を去ったのは、それから十日後のことだ。ホームルーム後の実験のための理科室への移動は、男子の間でいつも競争になる。教室の授業で指定された実験の準備は、ぼくたちがすることになっていた。新しい実験道具と、古ぼけた道具が混在している棚から、グループで使ういい道具を確保するためだった。二階の教室から、一階にある理科室へ。教室を出るときは担任の眼があるから競歩だ。だが、階段にたどり着くと、みんなは三、四段降りたところから踊場へジャンプする。ぼくはその瞬間を狙っていた。いつものように三番手ぐらいになった知弘君の背後に、ぼくは位置を定めた。そして、斜め後ろあたりに誰かがつくのに注意を払った。知弘君が飛んだ。次は、ぼくが飛ぶタイミングだが、わずかにテンポを遅らせ、後ろの奴が飛ぶのと同時に踏み切る。ぼくらは宙で交錯し、バランスを崩す。決めていた通りに大声をあげた。着地していた知弘君がそれに気を取られ一瞬立ちつくした。眼と眼が合った。知弘君は、逃げようと右足を踏み出したが、残っている左足の上に、ぼくらはのしかかった。彼は足首を複雑骨折しただけでなく、左側頭部を壁に激しく打ちつけて意識を失った。ぼくは腹部、両肘と両膝の軽い打撲。それで学校を休むこともなかった。知弘君はそのときのケガで脳にも後遺症が残り、このクラスに戻ることなく、養護学校へ転校していった。これは、最初から最後まで事故として処理され、理科室への競争が厳しく禁止されただけだった。ぼくは自分の計画をおくびにも出さなかった。だが、自分のしでかしたことの重大さに激しく慄き続けてもいた。ぼくは、知弘君がいなくなったクラスで、自然にトモヒロになった。

仲間を喰いつくした後、鰹節を食べて変態するトモヒロは、日ごとにカエルの特徴を備えていった。カエルに近づくにつれて鰹節を食べなくなったトモヒロの餌をどうするか？　これを学習図鑑で調べていて、トモヒロがトノサマガエルだということがわかった。そして、カエルになると生餌しか食べなくなるという難題が突きつけられた。だが調べるうちに、飼育の注意事項として、トノサマガエルは別種の小さなカエルと一緒には飼えない。共喰いするから、という記述に遭遇した。クソガエルと罵られ、ぼくたちの大量捕獲と虐殺の対象だったツチガエルは、畦道を一回りすれば、いくらでも捕まえられた。ぼくは、カエル飼育用の格子ふたつきの水槽を買ってきてトモヒロを移した。ほどなくカエルに完全変態したトモヒロは、ツチガエルという同族を喰ってどんどん大きくなっていった。トノサマガエルの特徴であるはずの、後ろ肢で跳ねることをほとんどしないトモヒロは、四つの足で這い回り、凝っと身構えると、眼をぐっと中空へ見上げて、ぼくを睨んだ。ぼくはトモヒロが放出する得体の知れないオーラにぞっとしながらも、恍惚となった。ツチガエルを二、三匹いれる。するとトモヒロは哀れな同族に視線を移す。最初はパニックで飛び跳ねていた生贄たちは、トモヒロの魔性に引き寄せられるようにそばへ跳ねていき、丸呑みにされるのだった。

トモヒロの飼育のために図書館で本をあさるうち、分類シールがついていない、『殺して育

てる飼育法　悪意と深淵―神々の私語』という薄い本に出会い、蠱毒《こどく》のことを知った。蠱毒の原理は共喰いだった。ヘビ、ムカデ、ゲジ、サソリ、トカゲ、ガマガエル、大きくはイヌやネコなどをひとつの容器＝蠱毒壺にいれ、本能と飢餓を最大限に煽って共喰いさせる。最後に残った毒虫、毒獣を生きたまま煎じるなどして、毒薬をつくる。これを呪う相手に飲ませたり、塗ったりして害を与え、ついには死にいたらしめる。あるいは、生き残った毒虫、毒獣を神霊として祀る。神霊になった蠱毒の力は、祀る人にとり憑《つ》き、思いもかけぬ力を発揮させ、呪う相手を人知れず葬り去ることもできる、というのだ。

　オタマジャクシは蠱毒の例になかった。だが、共喰いの原理は寸分たがわない。トモヒロはぼくの神霊として、勉強机に置かれた水槽の中に祀られているのだ。そして通常の一・五倍はありそうな大きなトノサマガエルとなったトモヒロは、ぼくが与えるクソガエルを毎日喰って、蠱毒の力を蓄え続けている。ぼくは人気のない放課後の図書館の片隅で、胃を強打されたような吐き気を感じた。獣の一瞬の決断のように知弘君に仕掛けたことが、トモヒロに宿った共喰いされたトモヒロの兄弟たち、同族のカエルたちの恨み、怨念が結晶した蠱毒によって突き動かされたものだったことを悟った。われ知らず蠱毒をしていたことに驚き、怯え、慌て、後悔した。どうすれば、蠱毒から逃れられるのか？　なにをしたら、呪いが解けるのか？　この本に解毒の記述はなかった。最後のページの真ん中に小さく、「ここに書いてあることは、人間が決してしてはならないことなのだ」とだけ記してあった。どうする、どうする、どうする……。

部屋に入る。飼育箱の中で、トモヒロがのそりと動く。生贄を待っているのだ。ぼくが飼育箱に近づくと、トモヒロはいつものように、ぼくを見あげて凝っと身構えた。ぼくはトモヒロの眼を見ないように水槽を持ち上げた。自転車の前かごに水槽を押し込む。神霊になったトモヒロを殺す勇気はなかった。だから、なるべく遠くへ、遠くへ、遠くへ……。

家の集落から二百メートルも行くと、田んぼが一帯に広がる。稲の穂ばらみが始まっていた。浅い夕暮れ。稲と刈られた雑草の青臭い匂いの中へ、騒々しくカエルの鳴き声が放たれていた。直線の舗装された農道。その先にある細い川を三本渡った向こうの大川にトモヒロを流すつもりだった。耕運機か軽四輪かに踏みつぶされたカエルの屍をいくつも見た。トモヒロは凝っと動かない。もうすぐ舗装が途切れる。慎重にいかないと。でも、すっかり暗くなってしまうのは怖ろしい。そんな考えが、頭の中で光ったとき、道の脇を流れる水路に堰をつくるための丸石をよけ損なった。前輪が石に乗り上げ、その反動で水槽が農道に投げ出された。ふたが外れ、敷いていた水苔とともにトモヒロが放り出された。トモヒロは裏返ることなく着地した。そして、あっという間に、太くたくましくなった後足で飛び跳ね、稲に覆われた田んぼへ飛び込む水音とともに、消え去った――。

ぼくは、トモヒロと別れてからも、トモヒロの眼差しに緊縛され続けた。クラスで、学校で、ぼくは緻密で巧みに内部で争うように仕向け、それで蠱毒をつくった。ぼくの蠱毒とは、弱い者を苛むことを恥と思わない奴のことだ。ぼくはこいつらを使って、さらに大きな諍いをつくる。揚げ句の果てには、精神的な殺しに近いことさえ焚きつけて、さらに強い蠱毒をつくってきたように思う。彼や彼女とは、人生航路で、それぞれ道を違えたが、ときたま新聞やニュースでそいつらの名前を見ることがあった。その多くは犯罪者としてだったが、ときには、この社会の栄誉を与えられていることもあった。

そして、ぼくは大学を卒業してすぐに、当時危険視されていた社会運動に従事した。組織の中で指導的な地位をつかむのは、難しいことではなかった。もともと本を読むことは苦ではなかったし、暗記力は人がうらやむほどだった。マルクス・エンゲルス全集とレーニン全集を丸暗記し、その上で蠱毒の原理を応用すればよかったのだ。とはいえ、この蠱毒にまみれた社会を、蠱毒をもって解毒しようと真剣に考えたことに嘘偽りはなかった。だから、全存在をかけて対立セクト幹部の脳天へ、鉄パイプを打ち込め！　との指令書を書いたのだった。ただ、ぼくがそれほど大物ではなかったことを思い知らされたのは、相手側のぼくみたいな奴も同じように、ぼくを殺せ！　と宣言しており、ぼくの方が奴より早く、脳天に打撃を受けたことによっている。そして気づいてみれば、トモヒロの水槽を操ったぼくのように、ぼくと奴を共喰いさせた、〈神〉の存在――権力の介在があったのだ。

ぼくはいま独房にいる。この独房が、監獄なのか、病院のものなのか、は判然としない。トモヒロを生み出したこと、知弘君を傷つけたこと、ぼくの頭蓋骨が割られたことで、ぼくは、より明瞭に、この世界の原理を掴まえられた。そして、この独房で激震に揺さぶられ、逃げようもなく放射能を吸わされて、鉛のように重く単純な事実に気づかされた。

〈神〉の瞬《まばた》きほどの時間枠で言うなら、この独房が属する社会の蠱毒の強さは世界に比類がない、ということ。海外に侵略して植民地をつくり、戦争をして焼き、殺し、強姦した人間たちが、その記憶を蒸発させて「私たちは軍部に騙されていたんです」「命令に従っただけなんです」と口を拭い、恥知らずにも加害者から被害者になりすました。濃縮され貯め込まれた蠱毒は、この社会に放出され続けたのだ。ぼくは偶然にトモヒロをつくった、と思っていた。しかし実際は、トモヒロの毒とともに、植民地を喜び、アジアの大陸と島々で悪の限りをつくした〈やさしい庶民〉、「慰安婦」にされた女性たちを蔑み続けてきた社会の蠱毒にさらされて、ぼくは必然的に蠱毒の虜になったのだった。

ぼくは、あなた、です——。ぼくと、あなたと、地球の原理は、共喰いです。

〈殺人者と被殺人者の世界の絢爛荘厳〉、大義による合法殺人としての戦争と革命、死刑。神の名による宗教戦争とテロ。自己責任で合理化される構造的殺人……。

人を殺すのがなぜいけないのか？　人々はまずなによりも、生きていかなければならない。生きるためには、なんでもしなければならない。人を殺すのがなぜいけないのか？　さあ、答えよ！

武田泰淳は「英雄豪傑は亡び、国は消え、そして世界だけが持続する」と書いた。だが、この金言も時代の制約からは逃れられない。この金言は二、三発の核爆弾だけがあり、水爆も原発もなかったときのものだ。人間を前提にした、世界の持続はすでに危うい。泰淳はまた、「もしも宇宙や社会の因縁がすっかり明らかにされ、人間がその因縁を自分の力で上手に操作できるようになれば、罪悪も、怨恨も、差別もなくなるにちがいない」とも書いた。泰淳よ、〈因縁〉は明らかではないか？　共喰い！　それは上手に操作しようもない掟なのだ！

ぼくは独房で、だれにも伝わらない、また伝える必要もないと判断している、〈神〉というか、なにかそんなものの視点で、世界を凝視する。

地球という蠱毒壺の、永遠の共喰い連鎖を、断ち切る希望はない。

汝自身の恥を知れ！

万物滅亡！

小さな蓮池

三か月ほど前、ある雑誌から小説を書いてほしい、と依頼があった。テーマはお任せしますということで、四百字詰め原稿用紙で二十五枚から三十枚まで。ああそれくらいなら、と割と気安く引き受けた。

さて小説のテーマは——。依頼を受けたとき、あの事件のあと、ずっと胸にわだかまっていることを書こうと考えた。歪んだ自己愛が少数者と弱者への嫌悪感情となって排外主義へと流れていく〈凡庸な悪のようなもの〉ということになるだろうか。そこまではよかった。だが、どんなテーマでも必ず迷い込む書き出しの突破口を探しあぐねていた。三か月という、割と余裕がある締め切りに油断しているうちに、あっという間にそれが三週間後に迫ってきた。断片めいたメモはそれなりにある。テーマに沿って読んだ本の抜粋もかなり手元に集めてはいた。だが、それだけではものにならない。眉毛がちりちりと焦げ始めている感じ。とにかく、とパソコンのキーを叩くが、すぐにダメだとわかる。書いては消して、を反復するうちに二日を空費した。

今日もまとまりがつかぬまま、仕事場のパソコンの前で悶々と過ごし、途方に暮れていた夕刻、スマホに未登録の着信があった。私は未登録に応答しないことにしている。半年前のことがあったからだ。このとき未登録の着信に「Hです」と応じると、すぐに「間違えました」と切れた。これで私を特定した何者かが、あらかじめ乗っ取っていた北海道の知人のフェイスブックのアカウントを悪用して、私の友人らに振り込め詐欺を働こうとしたことがあったのだ。今回の着信は一分ほども呼び出し音を響かせて、やっと静かになった。仕事が進まないことへの苛立ちに油を注がれて、どこのどいつだ、と毒づくと、頭のなかが真っ白になる感じで、小説への集中が切れた。だめだ！　もういい、帰ろう、とパソコンをシャットダウンして立ち上がったとき、またスマホが鳴り始めた。今度はディスプレイが関西在住のルポライターの大町を表示した。珍しい。彼からの連絡は、ほぼメールで済ましているのに、と思いつつ、締め切りが頭をかすめて、急用でないことを願いながらスマホをタップした。

「Hさん、ご無沙汰してます、お元気ですか」

酒豪で知られる大町の声は乾いている。まだ飲んでいないようだ。すると、仕事がらみの用件か、と身構えた。それを気取られぬよう、私も無沙汰のあいさつを返して、先月の月刊総合誌に載ったドイツの映画監督との対談を興味深く読んだ、と伝えた。ああ、読んでくれたんですか、と彼はうれしそうに言い、Hさんのお仕事はどうですか、と聞く。おっと、何にせよ締め切りを抱えていてよかった、と虚栄心が蠢く。うん、三十枚の小説の締め切りが二週間後にあるぐらいかな。大町さんの仕事量に比べたら恥ずかしいばかりだけどね、と応じた。

「じゃあいま大変ですよね……」

彼は予想外の返答に考え込む様子を隠さず口ごもった。私はそのあからさまな反応に黙るしかなかった。少しの間をおいて、相手がふっと息を吐いた。

「……私の前に着信がありませんでしたか？　ええ、そうです。Hさんは未登録の着信には出ないんですか？　やっぱりね。実はさっきの電話ね、弁護士の高畑健郎さんなんですよ。私が彼にHさんの携帯番号を教えたんです」

「えっ、高畑さんって、〈死刑妨害弁護士〉の？」

「そうです。Hさんはまだご存知じゃないでしょうが、尹《ユン》さん一家殺害事件の裁判がもうすぐ始まるんです。で、その高畑さんが弁護団長なんですよ。この事件、四人殺害の事件ですから、死刑裁判になるのは間違いない。高畑さんは被疑者のA君を死刑にしない、彼は生きて罪を償うべきだ、というこれまでの信念にもとづいて弁護するということなんですね。そうしないと、尹さん一家事件の《真実》が消されて、A君にすべての罪を着せてお仕舞いにされる。そうすると、今後も起こりうる、同様な犯罪を未然に防ぐことができなくなる、と高畑さんは危惧しているんです――」

「――でも、どうして私に？」

私は大町の話を遮るように口を挟んだ。あの事件への錯綜した感情が湧き出したせいだった。大町は死刑廃止運動に取り組んでいて、映画という虚構を通して死刑制度へ問いを喚起する、死刑映画とトークを結合したイベントを毎年開いている。私は昨秋、そのイベントのトークゲストとして招かれた。韓国の死刑映画の上映後、義父が韓国の軍事独裁政権時代に「北のスパイ」の濡れ衣を着せられて拘束され、でたらめな裁判で死刑判決が確定し、十六年も監獄に捕らわれていたこと。韓国の民主化の過程で義父が仮釈放を勝ちとったこと。そして韓国は一九九七年十二月三十日以後、死刑を執行せず、実質的な死刑廃止国になっていること、などを話したことがあった。

尹さん一家事件が起きたのは、このイベントの少し後のことだった。もちろんこの事件でも私の〈死刑執行は戦争と同じ政治殺人だ〉との考えは揺るがなかった。だが尹さん一家の場合〈朝鮮人だから殺された〉可能性が高いと私は見ていた。ほぼ一世紀前の関東大震災時の朝鮮人虐殺の再現。こうした日常に生起する恐怖心は容易に消えてくれない。そして、それに煽られた陽炎のような憎悪が私の心中に揺らめく。白が黒に斑に重なりあうようなあいまいな気分が拭いきれないままでいた。同胞社会は、やがて開かれるこの事件の裁判は、関東大震災時に朝鮮人を虐殺した自警団員らの裁判以来初のヘイト殺人裁判になる、と注目していた。

その裁判の弁護団長からの突然の接触であった。私は身構えた。そうせざるを得ないのは、ほとんどのマスコミが被疑者の刑事責任能力を疑問視して、ヘイトクライムでないかのように誘導しているせいもあった。

「ああ、それはですね、高畑さんはいま、被害者に近い方々と精力的に会って弁論の準備をしているんです。この事件を朝鮮人差別の歴史と現在の空気、そして死刑問題を焦点化して弁論を組み立てて、このヘイト殺人事件の真実に迫ろうとして――」

「じゃあ高畑弁護士は事件をヘイトクライムと捉えて、被疑者のAを弁護しようとしているんですね」

「もちろんそうですよ。だからこそ、Hさんのような人にも状況を正しく知ってもらって意見を聞かせてもらいたい、と相談があった。それであなたを紹介したんです――」

私は大町からの電話を切り、高畑健郎弁護士からの着信を待った。


尹さん一家事件の第一報が飛び込んできたのは、晩秋のまだ夜が明けきらぬ寒い朝だった。私は洗いあがった洗濯物をベランダへ干しに行くため、クローゼットからジャンパーをとり出すところだった。ニュースと天気予報を「聞く」ためにつけている民放の情報番組のエンタメニュースが、騒々しい音楽に人工的な笑い声をかぶせていた。そこに速報を知らせる警報音が割って入った。これが鳴ると私も妻も身構える。朝鮮がミサイルを発射したか？　アメリカが朝鮮を攻撃したか？　と……。キッチンの妻はフライパンを動かしていた手を止め、追いつめられた野良猫のような視線をテレビに向けていた。私はジャンパーに袖を通しながら、リビングに突っ立ってテレビを注視した。「朝鮮」の文字が出ないことを願いつつ……。テロップが浮き出た――。

「X市で北朝鮮籍の一家四人遺体で発見　隣家の十九歳の男を殺人容疑で身柄確保」

私の奥で何かが、あっ、と叫ぶ。また警報音が鳴って同じテロップ。色彩が躍っていた画面が転換して、硬い表情でニュース原稿を持つMCが現われた。

「いま入ってきたニュースです。北関東のX市Z地区の民家で北朝鮮籍の——」

アナウンサーの声が、潮が引くように遠ざかる。彼女の声を聞き逃すまいと耳を澄ましているのだが、躰の芯からの震えに共振して意識が液状化する。北朝鮮籍の一家四人遺体で発見？ヘイトクライム……？　まさかそこまでは、と願っていた。毒虫の幼虫は羽化まではすまい、と自己暗示をかけていた……。

事件の三日前、「朝鮮人を吊るす」と殺人予告した奴がいた。「在日特権」とかのデマをふりまいて、「朝鮮人死ね！　殺せ！　叩き出せ！」と小規模の破壊活動を繰り返してきた菊花守信と配下のZTグループが日本人に政権を奪還する、と立ち上げた「政党・JNワン」の統一地方選挙に向けた講演会でのことだった。それも在日が多数居住する街の公民館で。菊花が「ヘイトスピーチ解消法や条例をつくった人間を必ず木からぶら下げる。物理的にこれをやる」と宣言した、と小さく報道されていた。菊花は自覚的で確信的なヘイト常習犯。いくつもの裁判でヘイトを認定され、常に敗訴していた。だからこそ、菊花は「政党」を立ち上げた。選挙管理委員会に届出を済ませた「公党」の講演会なので、公民館は会場使用を拒否できなかった、と記事は付け加えていた。

憎悪煽動は野放しで、阻止されることも、罰せられることもなくネットからはみ出して地上を闊歩している。菊花の煽動がこの事件に関係しているか？　いや菊花がどうのじゃない。奴が這い出し、羽化できる土壌がこの国にある。——被疑者が確保されている。ならば動機もわかるか……？　いや、マスコミは加害者が「日本人」ではない場合、これでもかと貶めるネタを垂れ流す。ところが加害者が「日本人」だとどうなるんだろう……。現実に起きたことすら、薄闇から暗闇へと運ばれ、いつの間にかなかったことにされてしまうのか……。

「ねえ、北朝鮮籍ってどういうこと」妻がしゃがれ声を発した。「最初のテロップに北朝鮮籍のって出てたけど、このMCも同じこと言っているよ」

「わからない。在日の朝鮮籍者をそう言ってるのか……」口のなかが熱く粘ついていきて、口臭が立っているのがわかる。「いずれにせよ彼女が読んでいるのは警察発表のコピーだよ。北の誰かが極秘にそこに住んでいた、って？　そんなことありえないよ……」

出勤時間までに、テロップと第一報以上の情報はもたらされなかった。私たちは、反復されるニュースのたびに怯えた野良猫のように耳を澄まして、それぞれのルーティンをこなした。事件の衝撃が内臓を締めあげている。何も食べる気にならない。妻も、無理、と言うので、インスタントコーヒーだけをすすった。彼女がつくりかけていたハムエッグは仕上げられ、ラップをしてテーブルに残された。昨夜も夜半過ぎに戻って、いまはまだ深い眠りに沈んでいる、都内駅ナカの韓国総菜店で働き出した長男が出勤前の朝食にするだろう。

まだ混雑している都心方面の快速電車を横目に見て、私は弛緩した空気を運ぶ反対方面の各停電車の最後尾に乗り込んだ。都立高校で非常勤講師をしている妻は、私より一時間半ほど前に出勤していた。女性専用車両の縛りは少し前に解除されている。私の仕事場へは二駅、五分そこそこの乗車時間。それでも必ず二、三ページはマーカーを持って本を読む。だが、さすがに今朝は読む気は失せていた。朝鮮人一家四人殺害――汚泥から湧き出すメタンガスのような想念がぶくぶくと胸を揺さぶる。

私が持っている「仕事」上の名刺には、警察署の所轄ごとにあるパチンコ・パチスロ業者でつくる「遊技業組合　事務長」の肩書きがついている。日本全国にほぼ警察署の数だけある類似の組合は長年、退職警官の天下り先として、警部補クラスを事務長に雇っていたらしい。ところが警察庁は近年は、射幸性とギャンブル依存という口実に加えて、総聯系のパチンコ店主の「北朝鮮への送金」疑惑を云々しつつ中小のパチンコ店への規制を、中央一括で強化してきた。それは同時に、所轄と業者の狎れあいに楔を打つ意味もあったという。すると、所轄の日常的な店舗への介入は激減した。こうなると業者側からすれば、警察OBを通じての裏情報の入手や、警察への根回しもほぼ必要がなくなる。ならば、集めた組合費の大半を所轄の防犯―生活安全課の元「係長」の高額な給料に使うのは無駄ということになる。そんな流れのなかで私は四年前、遠縁のパチンコ店主が組合長になるとき、事務長に誘われたのだった。ちょうどそのころ、私はさまざまな苦慮の果てに韓国系の民族組織の専従をやめていた。ものを書くことに重心を移すためだった。いくばくかでもあった定収入がなくなった。遠縁の彼はそれを案じて声をかけてくれたのだった。十万円に届かないが、とにかく定収入が確保できた。

有難いことに組合事務長への縛りは無いに等しかった。業務の中心は加盟店舗への組合費の徴集と簡単な会計管理。加えて、県の遊技業組合からメールとファクスで流れてくる情報を店舗に転送し、時折送られてくるギャンブル依存の注意喚起や暴力団追放、子どもの車内放置事故防止などの啓発ポスターの発送などがある。二十畳ほどある事務室に訪れる人はなかった。お蔭でここは私の快適な仕事場になった。約束では祝日を除く、月—金の十一時から十六時までの拘束だったが、私はそれよりもずっと長く事務室で過ごすことになった。冷暖房完備、ネット接続されたパソコン、コピーとファクスが自由に使えた。ここで私はパソコンに取り込んだ音楽を聞きながら、思うままに本を読み、小説や書評、講演草稿などを書いていた。

駅から歩いて二分もかからぬ古い雑居ビルの二階にある事務室。いつもと同じようにドアに鍵を差し込んだとき、背中へ虫が這うような怖気が走った。

ちょうど二十年前、朝鮮の人工衛星打ち上げに端を発したテポドン騒動の渦中で起こった、朝鮮総聯C県本部での放火殺人事件が不意に頭をよぎった。鍵をひねる前に内部の気配を探る。ネット検索すれば私の名前はいくらでも出てくる。ヘイトスピーチをテーマにして出版した長編小説には菊花守信を彷彿させる人物を登場させた。だが覚悟していた菊花や彼のZTグループ界隈からのアクションも反応もなかった。私があまりに無名なせいか、それとも奴らがまったく本を読まないからなのか……。だが、あり得ないと思っていたことが現に起きている。凶漢が事務室のなかに潜んでいる、かも知れない。——ドアの向こうに人の気配はなく物音もない。ゆっくり鍵を回した。カチリと解錠。鍵はかかっていた。音がしないように細くドアを開く。事務室は昨日私が退出したときのまま、パソコンの脇には本が乱雑に積み上がっていて、誰かが触れた痕跡はない。詰めていた息を吐いた。

パソコンを起動させてX市の事件の続報を探った。ネットのニュース動画に現場取材しているものが出始めていた。そのひとつを再生する。事件現場は新興の建売住宅地。X市駅を中心にした市街地から三キロほど離れた場所にあると地図が示された。場面が実況に転換した。向こうは雨が降っているらしい。蒼暗いトーンの映像のなかに、やけに目立つ黄色い規制線のテープが、結界を示すように現場を示している。その前に合羽を着た警官が無表情に立っている。その奥には警察車両が数台。赤色灯は回転したままだ。ちょうど到着した濃紺の大型ワンボックスカーから、鑑識の腕章をつけたマスク姿の警官が五、六人、カメラやマットを抱えて降りてきた。彼らは、モルタル壁は同じベージュだが、屋根のデザインに変化をつけて並んで建つ二軒の二階建て住宅の右側へ入って行く。そちらが殺人現場だという。境界フェンスを置いて並んで建つ二軒の家が、思いのほか近接している。それにひどく驚いた。

現場にズームインしていた画面が引きに変わる。遠くの低い山々と近くの雑木林が借景のように見える二軒の家を背景にして、規制線の前に傘をさして立つレポーターが映る。彼が事件の概要を話し出した。被疑者の少年は隣家の大学生（十九）で、彼は未明にパチンコ店経営の尹永圭《ユンヨンギュ》さん（五十五）宅に何らかの方法で忍び込み、就寝中だった尹さん、妻の李陽姫《イヤンヒ》さん（五十）、長男の尹寅雨《ユンイヌ》さん（二十三）、次男の翔雨《サンウ》さん（十八）らを、サバイバルナイフで首や胸などを刺すなどして失血死させた後、自ら通報して、現場で現行犯逮捕された。凶器は現場で押収された。なお長女の潤紅《ユノン》さん（二十）は、在宅していたが危害を加えられず無事に保護された。レポーターは、逮捕された少年は意味不明のことを口走っており、警察は動機を慎重に調べている。また、警察は第一報で「北朝鮮籍」と発表したが、尹さん一家は全員、韓国籍だということがわかった、と話したところで、動画が終わった。

血なまぐさい殺人現場にひとり残された二十歳の長女……。言葉が喉元で押し潰された。見えない大きな手に押されて奈落へ落ち込んでいくような絶望感がやってきた……。

朝鮮総聯C県本部の放火殺人事件は複数の凶漢の犯行だった、ようだ。ようだ、というのは、この事件は迷宮入りしているからだ。被害者はいるが、加害者はこの社会の闇に同化し、消えてしまった。朝鮮新報によると、凶漢らはC県本部が入る会館の玄関脇にある部屋の窓ガラスを壊して侵入した。会館を物色して手提げ金庫を奪うと、一階と二階にシンナーをまいた。荒々しく物色したのだろうか？　凶漢らは物音に気付いて起きてきたと思われる宿直のC支部副委員長（四十二）に襲いかかった。副委員長は凶漢たちに躰を布団蒸しにされてから、頭部をバール状の凶器でめった打ちにされた。この暴行によって頭蓋骨は砕け、上下の前歯と左奥歯のすべてが口外に飛び出してしまった。検視によると、それでもまだ息があったらしい副委員長は、最終的に首を絞められてとどめを刺されたということだ。凶漢らは彼にもシンナーをかけ、火を放って逃走した。

消し炭の臭いが残る現場に入った朝鮮新報の新人女性記者は、黒焦げの床の上の白い人型のテープで、遺体の位置を知った。その頭部の先に、点々と白いテープが貼られてあった。彼女は、これは何かと尋ねた。案内のC県本部委員長は、暴行で飛び散った歯の位置を示す目印だと告げた。彼女は焼け残っていたトイレに駆け込み、胃の内容物をすべて吐き出した、という。

事件を報じた朝鮮新報に付された現場写真は、何度見ても首筋が痺れるように痛くなる。事務室の内部は、天井まで真っ黒に焼け焦げ、事務机と椅子、パソコン、電話機、本棚、書類棚などの什器は、その輪郭を黒い炭で縁取っているだけだ。

事件は外形的には、強盗放火殺人事件とされた。警察は当時、あくまでも、そのような事件として捜査本部を設置し、人員を大規模に投入して捜査を始めた。しかし、朝鮮総聯の見方は違った。総聯は、朝鮮の人工衛星打ち上げを契機に悪質な反朝鮮、反総聯策動が激烈にキャンペーンされているなかで起こったテロだ、と断罪した。事件の後にも総聯への右翼の襲撃や脅迫電話、朝鮮学校の女生徒のチマチョゴリ制服の切り裂き事件が連続した。

始まりはいつも日本政府。一九二三年の関東大震災のときも、朝鮮人が井戸に毒を入れた、爆弾をもって帝都に侵入している、との流言蜚語を政府が否定せず、逆に戒厳令を発布したことが契機だった。マスコミが煽る。自警団が組織されて蠢き、軍警が朝鮮人狩りを承認する。それで六千人といわれる朝鮮人が虐殺された。構図は同じ。朝鮮人には何をしてもいいかのごとく。奴らは敵だ！　敵を殺せ！　の心情を煽る。その狂騒のなかで、頭を割られ、絞殺され、遺体を焼かれた在日朝鮮人の無惨な死を悼む声は、マスコミの論調や新聞の読者の声の欄に、まったくなかった……。

私は自宅から仕事場に持参した古いスクラップブックを見直しながら、大町の電話の後に通話でき、事務所で会う日程を調整した高畑健郎弁護士の到着を待っていた。

……そう、二十年前にはヘイトスピーチという言葉も、ヘイトクライムという認識も一般化していなかった。当時の四大紙には、右翼が総聯中央会館の入口を封鎖して、拡声器で「朝鮮人を殺せ」「火をつけるぞ」などと騒いだこと、その後、実際に火炎瓶が投げ込まれたことが報道はされていた。そういえば、少し前に総聯の中央本部に対する銃撃事件があったが、それをヘイトクライムと報道し、社説を掲げたマスコミは皆無だった――。

階段を昇ってくる足音が微かに耳に届く。ドアをノックする音。心臓がぎゅっと縮む。私はひどく緊張して高畑弁護士を待っていたようだ。

「締め切りが迫っていると大町さんに聞きました。お忙しいところお時間を取らせてしまって……」

　大柄のがっちりとした体躯で白髪、黒縁の眼鏡をかけている高畑弁護士はそう言いながら入ってきた。その外貌と裏腹に、かすれ気味の低い声で語尾を呑み込むように言って、名刺を差し出した。

「いえ、大町さんが私を紹介なさったということでしたし、私もこの事件がどう裁かれるのか、被疑者の少年が罪をどう償うべきなのか、を考えてもいましたから」

　会議机の奥へ座るよう促して、私は肩書のない名刺を渡した。用意していたペットボトルのお茶を差し出すと、弁護士は「どうも」と小さく頭を下げて、キャップを開け、一口飲んでからICレコーダーを取り出し、録音の承諾を私に求めた。「大丈夫ですよ」と応じると、すぐにこう聞いてきた。

「Hさんは、尹さん一家殺害事件をどうご覧になっていますか?」

　間髪を入れず難問を投げてきた。事件のあと、ひととき報道は沸騰した。被疑者の少年が鑑別所に送られ、調査官による面接と心理テスト、精神科医による診察を受けている、と報道されたあたりから、情報は極端に少なくなった。家裁から検察に逆送されて起訴されたことは、小さく報じられただけだった。

「そうですね……」一気に核心に迫られてうろたえていた。「あの……、私には単純に、十九歳の少年が顔見知りの隣人一家を殺害した事件だとは思えません。両家はあの建売り住宅地が売り出されてすぐの八年前に同時に引っ越してきたそうですね。つまり、親しかったかどうかはわかりませんけど、よく知る間柄だったわけですよね」

「ええ、互いの家のことは、ある意味、非常によく知っていたようです。けれど親しくはなかった。とはいえ、外在化するトラブルを抱えているのでもなかった。それは近所の人たちに確認しています」

「でも隣人を殺すには、よほど強い動機がなければならないはずですよね。トラブルはなかった。だとしたら動機は何なのでしょう？　何が動機になるのか？　見えない動機……。でも殺されたという事実は、私の見立てを補強します。つまり、やはり隣家が在日だから事件は起こった……。予感されていたヘイトクライムが、最悪の形で起こってしまった、ということです。その根拠は？　と問われると、決定的にこうだとは、捜査中で中間発表もないので、はっきりとは言えないのですが……。この社会の空気……そう空気……。私が接した第一報で、なぜだか〈北朝鮮籍〉の一家と流されていました。それは、尹さんの子どもたちがみんな朝鮮学校に通っていたためらしい、と後でそれを知って思ったんですよ。……朝鮮がらみなら、何でも許される……というか……」

言葉が失速した。高畑弁護士は私の眼を見てじっと聞いていた。表情は動かない。死刑裁判を数多く受任したプロにひどく見当違いなことを言ったか？　弁護士の真意を読み取ろうと、彼を見つめた。相手が一瞬眼を伏せ、そして私をまっすぐ見た。

「本件の犯罪行為そのものの客観的な事実関係には、私が調査した限りでは、ほとんど争うべき内容がありません。A君は隣家の四人をサバイバルナイフで刺殺した。殺害を行った場所、時間、方法は現場検証の結果と本人の供述との間に、ほぼ矛盾はないんです。そうなると、現在の凶悪事件については死刑が原則、という刑事裁判の実態から言えば、A君がたとえ未成年であっても死刑判決は免れません」

「やはり死刑、ですか？」

胸がふたつに裂ける嫌な感じがした。四人の在日朝鮮人を殺した少年は罪をどう償うのか。ましてや憎悪感情による凶行ならば……。生きて償うための前提である矯正と更生は可能か？こう考えるのは人間の更生可能性を否定することか？　だが、その思いは胸中に霧雨のように漂う。死刑はすべてを無化する……。

「ええ、死刑です。死刑を免れる可能性があるとするなら、A君に刑事責任能力がなかったことが裁判で認められなければなりません」

「それはどうなんです？　高畑先生はA君に会われているんでしょ」

「もちろん、何度も面会しています。刑事責任能力ということでいえば、それはあるのではないか、と感じています。でも、確信は持てません。A君はいま、自分が取り返しのつかないことをした、という激しい自責の念に苛まれ、反省も口にしています。でもね、なぜそんなことをしてしまったか、については、わからない、としか話せないんですよ。自分でやったことの動機がわからない、というか、言葉にできない。つまりは、理解できていないんです。でもね、隣家へ入ったとき、〈戦争は平和――平和は戦争〉という囁きが聞こえ続けた、とも言うんです。ということは、事件当時A君は激しい情動興奮のなかで認識障害に陥り、事理弁識能力を失うほどの重篤な精神状態だった、とも言えるんですね」

「そんなことありえるんでしょうか?」

「私が受任してきた重大犯罪事件は、ほとんどそうだ、と言ってもいいでしょう。最初から確信犯的に事件を起こすというケースは、実はほとんどないんです」

「でも高畑先生は、A君に刑事責任能力があるように思う、とおっしゃいましたよね。裁判で弁護側が無実や、情状に訴えるときによく聞く、A君は心神喪失状態にあった、と主張されるんですか? 責任能力はあるかも知れないのに――」

「そこなんです、私が苦慮しているのは。そんなこともあって今日はHさんにお話を聞きにきたし、他の在日の方からもできる限りお話を聞こうと思っているのです」

そう話した高畑弁護士は、すーっと聞こえるほど大きく鼻から息を吸い込んで、深いため息をついた。そしてお茶のペットボトルを取って、また一口飲んでから低く話し始めた。

「Hさん、どんな殺人事件の現場も、凄惨を極めます。今回の事件もその例にもれません。検証写真を見ましたが、被害者は血まみれで、4LDKの家のなかはどこもが血の海です。その状況を目の当たりにした捜査官は、その凄惨さに見合ったものとして事実を理解しようとします――」

私は、高畑弁護士がA君の責任能力について語るものとして身構えた。ところがまた《事実》について、だ。肩透かしをくわされた感じがした。だがその不満はすぐに消えて、彼の低く湿り気を帯びた声に引き込まれた。彼は《事実》がどうつくられるか、について経験に裏打ちされた的確な分析を言葉にした。

捜査官は、その「凄惨に見合う残忍な人間」「ひどい動機」「強い殺意」をイメージして被疑者を取り調べ、調書を作成する。一方で被疑者は強い自責のなかにあるので、そんな捜査官の見方に反発したり弁明したりする力はまったくない。加えて、自分の犯した行為を思い出したり、ふり返ったりすることには心理的にひどい苦痛が伴うので、事実を事実として供述することはとても不可能。仮に思い出そうとしても極度の興奮状態で事件を犯してしまったので、事実を整理して理解することさえできず、被疑者にとっては、むしろ捜査官から「事実はこうだろ」「こうしたんだろ」と決めてもらった方が精神的に安定できる。結局、こうして「事実」は捜査官のイメージのままにつくり上げられ、被疑者はそのイメージに沿って自白する――。

「その結果、捜査官がつくりあげた『事実』は、事件の真相と大きくかけ離れたものになってしまうんです。私たちが報道で接する事件の実態とは、その程度のものでしかないんですよ。こうして被疑者の責任能力は十分にあった、と死刑などの重刑を下すための証拠がつくられるんです」

「ならば、A君は刑事責任能力あり、として結局は極刑に処されてしまう、ということですか」

「いえ、いえ、そこが今回の事件ではちょっと違うんです。A君は検察に送致されていて、そこで取り調べを受けているんですが、検察は建前上、彼に刑事責任能力はあったとしながらも、巧妙にA君が心神喪失状態にあったのではないか、と彼を、どうも誘導している節があるんですね」

「えっ！　検察は、被疑者は正気だった、責任能力があった、だから死刑だ、とやるんでしょ」

「そうです。私がかかわった死刑事件のすべてがそうです。しかし、この事件は明らかに感じが違うんです」

「なぜですか?」

「これが朝鮮＝韓国人への憎悪殺人事件だから、だと思います。この国の権力最上部の《あるところ》は、日本で朝鮮人へのヘイトクライム殺人があってはならない、と判断した。この国のヘイトのひどさ、差別の深刻さが、本件で確認されてしまうと、これまで意識的にサボタージュしてきた国際人権規約の全面批准や立法措置、国連人権委員会の勧告を実践しなければならなくなる。差別温存の制度を鋳直さなければならなくなる。しかし、それは、この社会の支配体制の根幹を揺るがすことになる。それはしたくない。だから、A君は心神喪失状態で犯行に及んだのだ。わが国にはヘイトクライムはない、とし、彼を精神障がい者として病院に閉じ込めてしまおうとしているのではないか、と思えるのです」

言葉を不意に切った高畑弁護士は、眼鏡の奥の眼を、遠くを見るように細めた。私は息を飲んだが吐き出せず、そのまま飲みこんだ。

「私を弁護人に選任したのはA君の父親です。選任の理由は、私が死刑廃止運動をやっているからだ、と明言しました。私は、《あるところ》の思惑をスムーズに運ぶために選ばれたカードなのかも知れません。そう感じられたので私は躊躇しました。でも私は弁護士です。死刑に処されるかも知れぬA君のために、A君を死刑にしてはならない本当の理由、検察の筋書きではない《事実》と《真実》を明らかにするために、全力を尽くそうと、受任したんです」

高畑弁護士の表情が厳しく引き締まると、彼の眼の周りがぽっと紅く染まった。私はその変化に、一筋縄ではいかぬ状況に立ち向かう決意と、それを表に出してしまった羞恥の二重映しを見たように思えた。彼の静かな声は続いた。

死刑事件にあっては、事実関係を徹底して吟味しなければなりません。単に殺したか、否か、だけではないんです。刃物を握って刺す行為、その一挙手一投足が大切な《事実》です。その間にめまぐるしく入れ替わる心の襞のひとつひとつが大切な《事実》なんです。これに喰らいついてじっくりと発酵させてはじめて《真実》がわかります。もし責任能力論を持ち出すなら、このような《真実》の発見を経た後でないと、精神鑑定の前提となる事実が歪められてしまいます。

そこで、この事件の決定的な《事実》のひとつは、A君の家と尹家が二メートルも離れておらず、この二軒の家で、被害者と加害者が生まれたことだ、ということに、私はたどり着きつつあります。

A君の家庭ですが、父親（四十九）は二期目の市会議員で、タカ派的な立場と「改革」を前面に押し立て、「地方から国を変える」と打ち上げて、連続で上位当選しました。市議の息子の事件ですから、マスコミが飛びつき、ネットでは炎上気味に話題が沸騰した人なので、Hさんもご存知ですよね。A君の父親は青年会議所出身で、同じくJC出身であの県選出の与党幹部の国会議員とも強い繋がりがあります。それに、地方議会人の全国的な集まり界隈では切れ者で通っていて、惰性で運営されていたX市議会の改革を提唱して、民間の手法を導入して予算編成し、市財政の均衡を実現しました。それで改革派の急先鋒とも評価されているんですね。母親（四十七）は美容師で、美容院を経営し、X市の商工会副会長をしています。そのかたわら夫の政治活動を積極的に応援して、地域の幼稚園、学校の名誉校長に就任しています。ふたりは今回の事件を受けて、すべての公職を辞しましたが、そのような人たちだったのです。

A君はひとりっ子です。両親はそんなことで留守がちで、三年前まで存命で同居していた母方の祖母にずっと面倒を見てもらっていたんです。中学までは成績優秀で、高校は、あの地区一番の進学校へ入ったんですが、周りの水準についていけず、高校での成績は下位に低迷しました。彼は両親が望んでいた早稲田、慶応はもちろんのこと、最低でもと言われていた六大学の別の大学の受験にも失敗します。それで仕方なく、県庁所在地にある無名の私立大学に進学しました。以来彼の両親は、うちの息子は駄目だ、という目線で彼を見るようになったようですね。いえ、A君は別にヘイト集団と関係があるとか、SNSに差別的な書き込みをしていたということはないんです。ごく普通、というか、まあ何が普通かわかりませんけど、少し内向的な青年のように見えます。でも彼の趣味は、プレイステーションというゲーム機を使ってのバーチャルハンティングゲームでした。それが大学へ進学すると、よりリアルの世界へ移行して実際にエアガンを撃ち合うサバイバルゲームに「発展」したのでした。両親から自分がどう見られているかよく理解している彼は、サバイバルゲームで「敵」を倒すことで鬱屈を晴らしていた、と言うんですね。その趣味が高じて彼は、サバイバルナイフや軍用ナイフをネットで購入します。事件までに彼は八本のさまざまな用途のナイフを購入し、所持していた。ですが武器というか、凶器というか、そんなものを持つと、持っているだけでは満足できない気持ちが蠢くようです。そしてA君はなぜか歯止めが外れて、ゲームの世界から踏み出してしまったんです。もちろん、コレクターのすべてがそうではありません。

彼の家から少し離れたT川堤防の近くに公園があります。A君はときたまするジョギングで、その公園を経由して堤防へ上がり、二キロほど走って家に戻ってくるのがルーティンでした。ある日、公園を通ると、野良猫を世話しているおばさんがいて、六匹ほどの猫が餌をもらっていた。そこで足を止めて少し離れて見ていたら、そのうちの一匹——錆び猫だったそうです—

―が、彼の足に躰を摺り寄せてきた。可愛いなぁ、と思って背中を撫でてやると、ぺたりと寝転んでお腹を見せ、もっと撫でて欲しいとアピールしたそうです。それで腰を下ろして撫でてやると、グルグルと喉を鳴らして、気持ちよさそうにごろんごろんと躰をくねり回したんですね。それを見たおばさんが、「ね、可愛いでしょ。その子はきっと、飼われていて棄てられたんだよ。だからすごく人馴れしていて、とてもいい子。あなた猫好き？　そう、なら飼ってあげられないかな」と、祈るような眼で声をかけてきた。彼はそのとき、その錆び猫を連れて帰りたいと思ったそうです。自分に甘え切るこの猫を慈しむことで、満たされぬ心の風穴が塞げるか、と一瞬考えた。でも「飼いたけどねぇ」と曖昧な返事をしてその場を離れて、ジョギングを続けたんです。走りながら、自分を邪魔者のように扱う両親が、猫を飼うことを許すはずがない、と諦めたそうです。

その日の夕方、A君は鰹節のパックとサバイバルナイフを持って、公園へ行きました。もうおわかりでしょ？

「どうして君に懐いてくれた猫に手をかけたの」と私はたずねました。「飼えないのなら、いないのも同じだ」と言うんですね。数日後、猫おばさんに会った時間を見計らって公園に行くと、彼を見たおばさんが、「あんたに懐いていたグローリー、そうよ、あの錆び猫ちゃん、向こうの神社の脇で首を切断されて殺されてたのよ」と涙ぐんで話しかけてきたそうです。

「ダメなんだよね、野良猫があまり人間に懐いちゃ。いい人ばかりじゃないもの……。いまさ、こんな時代だから、自分の鬱憤を猫にぶつけるんだよ。グローリーの前にも一匹殺《や》られたんだよ。その子も人懐っこい子だった。口から血へド吐いて、あそこのユリノキの木の下で眼を剥いて死んでたの。きっとサッカーボールみたいに思いっきり蹴られたんだ。死後硬直してるはずなのに、躰はぐにゃぐにゃだった。ね、そんなことがあったから、あんたに飼えない、って頼んだんだけどね……。恐いね本当に。猫を殺すと、次は人だよ。わざわざ刃物を用意して殺したんだから、きっとやるよ……。だからあたし、こんなことがあると、警察に通報するんだけど、警察の方も、必ずそうして下さいって。大きな事件の予兆なんだって、これが……」

A君はそれを聞いたとき、地面がぐにゃりと凹む感じがして、膝ががくがくと震えたそうです。

左掌に取った鰹節を、グルグルと喉を鳴らして食べる錆び猫。よし、もういいか――。掌を返して鰹節もろとも猫の首根っこを地面に押さえつける。フギャッと何かを悟ったかのような悲鳴。相手は躰を捩って必死に後足で左手首に爪を立てる。肉が裂ける感じ。もっと力を入れて押さえつけ、腰のホルスターからナイフを抜いて猫の首に力いっぱい押し付け、引いた。頸動脈から噴水のように血が噴き出て左手の甲を赤く染めた。もう一度力を入れて押しつけ引くと、グギャという断末魔の声とともに、細木を断ち切る感覚が伝わって、首と、胴体が、離れた。後足が力なく痙攣していた。左手とサバイバルナイフについた猫の血糊と細かい毛が混じった生臭い肉と油の感触。そして錆び色の毛を洗い流した公園の水飲み場の水溜めに広がったどす黒いまだら模様、爪に裂かれた左手首の傷の疼き……。

そんな光景がラッシュフィルムのように襲いかかって来たそうです。警察に追跡されるかも知れないという恐怖が現実味を帯びてきた。ただ、その緊張感はどこか自分は特別な人間になったような、怪物になれたような、ある種の快感めいたものを伴っていた、とも話しました。猫殺しは本件のほぼ一月前のことです。

尹さん一家のことは、Hさんたちには同胞ネットワークがあってご存じのことは多いんじゃないですか？　そうですよね。ひとり残された娘さんは、C県在住の母方の祖父母のもとへ身を寄せています。都内の大学の看護学科に通う彼女のために水面下で基金づくりが呼びかけられて、すでに目標額を大幅に上回っているそうです。Hさんもカンパされたんですね。そうですか。でも事件の衝撃があまりに大きくて、ＰＴＳＤ＝心的外傷後ストレス障害の症状が出ているので、定期的にカウンセリングを受けています。

家業のパチンコ店は尹さんのお父さんが創業しました。駅近くの商店街のなかにある古くて小さな店で、経営はかなり苦しかったようです。地方都市の古い商店街はみんなそうですが、郊外のショッピングモールや、大型パチンコ店に客を奪われて苦戦しています。それもあって、尹家の夫婦仲はとても悪かったんです。これはご存じなかったですか？　その背景にもなるのでしょうが、ふたりが育ってきた環境がかなり違っていた。尹さんはいわば民団系といいますか、ずっと日本の学校に通って家業を継ぐ、というパターンです。一方、妻の李陽姫さんは総聯系で、大学まで朝鮮学校に通った。そんなふたりがどうして結ばれたかというと、尹さんのお父さんの存在が大きかったんです。お父さんは一世で、同胞同士の結婚を強く望んでいた、というか、それしか認められない。X市は田舎で朝鮮人の数も多くないものですから、尹さんのお父さんは、いろんな人に頼んで長男の尹永圭さんの相手を探していたようです。そんななかで李さんが浮上してきた。そして会ってみた。お父さんが息子さんより先に李さんに会っているんです。美人で母国語もできる。そのうえ立ち居振る舞いや、朝鮮式の礼儀作法も身につけていて一世のお父さんの眼にかなった。息子の嫁には彼女しかいない、と惚れ込んだわけです。李さんも尹さんのお父さんが持っている一世的な大らかさと優しさに安心感を抱く。見合いをすると、息子さんもおっとりとした優しい感じだったので結婚を承諾した、ということなんですね。

しかし、十一年前に尹さんのお父さんは亡くなります。危うい均衡を取り持ってくれていた支えが外れてしまった。尹さんのお母さんは、夫の死を契機に、尹さんの弟さんのところへ行きました。嫁姑関係はよくなかったんです。

それでも三人の子どもがいますから、簡単に離婚、とはなりません。夫婦間の諍いに常につきまとったのは、子どもたちの育て方、教育に関わることでした。尹さんは日本に生まれ、日本で生きて、日本で死ぬんだから、日本の学校へ通えばいい、という考えでした。しかし李さんは、朝鮮人である限り民族教育は絶対に譲れない、ということだったんです。Hさんはよくご存じだと思いますが、X市の朝鮮人生徒は、電車で一時間ほどの県庁所在地の初中級学校へ通学し、高校は都内の高級学校へ行きます。高級学校へは片道二時間はかかります。長男、長女はそうしました。そして長男は朝鮮大学校へ進学しました。長女は看護師になるという希望を叶えるため、日本の大学へ進みました。

尹家は商売が本格的に左前になる直前に、商店街の近くにあった家を引き払って現在の建売住宅を購入しました。父が逝き、母が去ったことがきっかけとなり、新居で家族を立て直そうという気持ちもあったようです。ローンについては、妻の父が保証人になって、かなりの援助もしました。娘を守り、可愛い孫たちを片親にしたくない、ということだったようですね。でもそのローンが教育費に加えて家計を圧迫することになったんです。ちょうどその頃、高校無償化から朝鮮高校が排除されることになった。尹さんは、李さんの頑強な反対を押し切って、次男を県立高校に入れることにしたんです。次男は二次募集の試験で、ようやく県立高校に入りましたが、その高校は夏休みまでに新入生の三分の一が退学していくような教育困難校でした。朝鮮学校ではサッカー部の主将で友人や後輩に慕われていた彼の非行が始まりました。非行といっても私に言わせたら可愛いもんです。夜中にコンビニの前にたむろして騒ぐとか、喫煙して髪を茶色に染める程度のことです。でもね、いまはHさん、地域と学校と警察が一体になって、いわば居場所がない少年たちを追いつめるんです。警察と学校への呼び出し、謹慎―停学とお決まりのコースですが、その都度、夫婦間の諍いは激しくなっていきました。ときには激しい物音を立てる、DVにあたるようなことも、少なくなかったんです……。

このふたつの家族の住む家が隣接していたことが、この事件を生むことになるんです。両家の間取りは、境界フェンスを対称線にして、ほぼ同じで、リビングが同じ位置に配置されています。そのためにA君の家では、引っ越してきた当初から、隣家の夫婦仲の悪さや家庭内の諍いが、言い争う声や物が割れたりする音で、手に取るようにわかったそうです。実に歪んでいると思うのですが、夕刻から夜半にかけて政治活動で家にほとんどいないA君の父親は、自分が留守のときに隣家で騒動が起きたら、それを録音しておけ、と妻とA君に命じていたんです。そもそもA君の父親は、表札に伊藤という日本名と朝鮮名を並記する隣家に対して、会ったらあいさつだけで、それ以上のつき合いはするな、と言い渡しました。尹家の人たちは当初は、隣家の人たちと親しくしようとしたみたいです。でも、だんだんわかってくるじゃないですか、隣が自分たちをどう思っているのかは。そして決定的には、A君の父親が、県と県庁所在地の市がほんのわずか支給していた朝鮮初中級学校への補助金を停止させるためのX市市議会陳情を主導して、ついにはそれを実現させたことを知って、あいさつさえしなくなりました。

前後しますが、A君の家では、夕食はそれぞれの時間で取るにせよ、朝食は全員が揃って食べなければならない、というルールがありました。そこで隣家の諍いの録音を再生するんです。なぜそんなことをするかと言えば、隣家内の諍いが朝鮮人の民度の低さというか、日本人と違って心をひとつにして団結できない、どうしようもないあの民族の属性を証明する証拠なのだと、A君の父親は主張していたそうです。そして、A君の父親は録音した隣家の諍いを聞きながら、まずは隣家を嘲笑し、やがては強制連行や「従軍慰安婦」問題、拉致問題や朝鮮の核武装やミサイル発射実験、韓国の対日姿勢などと絡めて、ヘイトスピーチに類する発言を反復していたんです。ですから妻や、とくにA君は聞きたくもないのに、隣家や朝鮮＝韓国ひいてはアジアを蔑視する言説を刷り込まれることになりました。妻は夫に感化され、夫と一心同体になっていきました。A君は気乗りせずとも、ヘイトの豪雨に打たれ続けました。それに、隣家への罵倒や嘲笑、蔑視が続いている間は、A君への両親の不満の言動が現れることがなかったので、助かった、とも話しています。だから、A君も父親の考えに同調する方が楽なわけです。相手を貶めれば、自分が救われる気になった、とも言っていました。

ところが、いささかファンタジーめきますが、ある歌が尹家のリビングに流れ始めてから、諍いの回数は減り、やがて、まったくなくなってしまった。だけでなく、とても穏やかな暮らしが隣家で始まったのです。その歌が流れたのは、次男が二度目の停学処分を受けて、あとは自主退学しか道がなくなったときで、去年の夏休みの前でした――。

「それは何という歌なんですか?」

高畑弁護士が使ったファンタジーという言葉が、重苦しい物語からの救いのように私の耳に届いた。私は彼の話に割って入った。

「多分、Hさんもよくご存じでしょうが、『小さな蓮池』――작은 연못（チャグン　ヨンモッ）と韓国語では言うんですか？　とにかく、その歌なんですよ」

私は、えっ、と驚きながらも、あの歌ならそんなこともあり得るかも知れない、と考えた。「小さな蓮池」という歌は、韓国のシンガーソングライターの金敏基《キムミンギ》が一九七〇年頃に作詞作曲した作品。歌手の楊姫銀《ヤンヒウン》が七二年に発表したLP「美しい歌集Ⅱ」に収録し、学生街で人気を博した作品だった。私は在日韓国青年同盟――韓青が七六年に制作した海賊版のLP「地下抵抗の歌　金冠のイエス」でこの歌を知った。韓国にも抵抗のフォークソングがあったことに驚いた。私は当時、それほどまでに、自分につながる同時代の韓国の民衆運動と抵抗文化に無知であり、断絶させられていたのだった。

「ええ、よく知っていますよ。朴正熙《パクチョンヒ》軍事政権が一層凶暴化していたあの時代に、この歌を発表したんです。歌えば監獄、沈黙ならば生きながらの死、という時代……。若いとき仲間たちとよく歌いましたよ。ちょっと待ってください」

私は高畑弁護士の意向も確かめず、いそいそとパソコンに向かい、YouTubeで「小さな蓮池」を検索して再生した。フォークギターの単音がメロディを先導してやがて和音にまとまり、ヤン・ヒウンの瑞々しく澄んだ歌声が流れてきた。明るく歌い出された歌は、中間で転調し影が差す。そして、雲が流れてまた陽が射すように明るくなり、淡々と終わった。

深い山奥の細道　その脇にある小さな蓮池
いまは黒く腐った水が淀んでいるだけ
けれど遠い昔　青い水をたたえたこの池には
可愛い鮒が二匹　仲睦まじく暮らしていたそうな

或る夏の日　池を満たす光のなかで
二匹は激しく争って　一匹が水に浮かぶ
やがて骸は腐りゆき　池の水も腐り果て
何も生きられなくなった　この小さな蓮池には

緑の木の葉がひとつふたつ舞い落ちて
池に小さな船を浮かべ　やがては沈む
棲み家をなくした花鹿が　山なかを彷徨って
ここを訪ねて水を飲み　静かに息を引き取った

陽は西の山へ沈み　黄昏の山やまは静か
中腹を天頭虫が　微かな羽音で飛び去ったあと

黒い水は淀んだまま　限りない歳月のなか
沈黙の身悶えに彷徨う　幾多の季節がめぐる

深い山奥の細道　その脇にある小さな蓮池
いまは黒く腐った水が淀んでいるだけ

　本当に久しぶりに聞く歌だった。もう四十年近くも前、韓青支部での韓国語講習会の冒頭、歌《ノレ》の指導で覚えた歌。先輩がギターを弾いて短いフレーズを歌う。韓国語がまったくできなかった私は、ハングルにカタカナのルビがふってある歌詞を追いながら彼について歌う。それを何度か繰り返して、ようやくメロディにカタカナハングルを乗せて歌うことができるようになった。訳詞が別掲されていた。素朴で単純だけど、それだけに普遍性があり、自分たちが向きあっている世界のありようを語りつくした寓話に出会えたと思ったものだった。そしていまも、この歌はいささかも古びておらず、新しい意味を私に伝えてくる……

「実はね、Ａ君はこの歌をスマホですぐに再生できるようセットしていたんですよ」

「えっ？」

「この歌はかなり頻繁に尹家で流されていたそうです。……『小さな蓮池』だったんですね、尹家は。生き延びた長女のユノンさんにまだ会えていないので、確証はないのですが、次男の非行―退学の事態のなかで、尹家の誰かが――私はユノンさんかなと推察しているんですが――、この歌を家で流すようにしたのではないでしょうか。傍証ですが、A君がこの歌の名前を確かめた相手はユノンさんです。彼は隣家の諍いがなくなった訳を知りたい父親に命じられて、彼女を駅で待ち伏せて話しかけたそうです。あの歌が気に入ったから、曲名を教えて欲しい、と。YouTubeで探すから、という感じで」

「でも彼女は、これまでのいきさつがあるんでA君の待ち伏せに驚いたでしょ」

「ええ、そうだったみたいです。怯えた眼で彼を見たそうです。でも家のなかが落ち着き始めていたからでしょうかね、警戒しながらも、曲名を教えてくれたそうです。それから二、三日すると、カーポートの脇に停めている彼の自転車のサドルに、『小さな蓮池』の訳詞が入ったポチ袋がテープで留めてあった。だから彼はこの歌の意味をわかって、隣家に穏やかな日常が生まれた理由を知っていたんです。A君がユノンさんに手をかけなかったのは、このことが関係しているのかも知れません。まだ本当のところはわかりませんけど……」

高畑弁護士は、ここで彼の暫定的な結論を一気に口にした。

「尹家の次男は県立高校を自主退学して、朝鮮高級学校へ編入して通学するようになり、諍いが絶えなかった隣家からは笑い声さえ聞こえてくるようになった。しかし、尹家を嘲笑することで危うい均衡を保っていたA君の家では朝食時にA君に対して、無能で役立たずだとか、このままではまともに就職できず、年金も払えず、生活保護を受給するようになり、国家社会のお荷物になるに違いない、とかの罵声を浴びせかける攻撃がだんだんとエスカレートしてきたんです。しだいにA君は思いつめるようになります。尹家は平和であってはならない。彼らの平和は、自分の戦争になる。〈平和は戦争――戦争は平和〉と。そして暴発した――」

「だが、そんなことで殺されるのはたまったものではない！」

「そうです。その通りです。この事件は、隣家が朝鮮人だったから起こった。それは間違いのないことでしょう。隣が日本人だったら、A君の父親は、仮に気に入らないことがあっても、ヘイトスピーチはしなかった。騒音などによる隣人殺人事件はあります。でも、この事件は、それとは本質的に異なります。他者の幸福は、自分の不幸と問題を短絡させ、弱者を見つけてさらに徹底的に貶めることで自分の不安を慰め、平穏を感じるというこの時代の空気のなかで、起こるべくして起きたヘイトクライム殺人事件です。ならば真に裁かれるべきは何なのか？　もちろん、A君は罪を償わなければなりません。生きて！　しかし、A君を駆り立てたものも断罪され、糺されなければならない。それが《事実》です。A君が罪の責任を取るためにも、こうした全体の《事実》を丁寧に認定していく必要があるんです。そして彼が犯した罪の《事実》を突きつけない限り、償い、責任をとることはできない。私がA君を弁護する根幹は、そこにあります。検察とそれにつながる権力最上層部の《あるところ》の思い通りにさせてはならないんです」

「高畑先生はご存じでしょうか？　X市の尹さん一家をよく知る同胞たちが発起して、A君に極刑を求める嘆願を集める動きがあるんです。私はこれにどう対すべきか。答えを出しあぐねています。嘆願が始まったら……、私は同意しませんが、A君への極刑を望む同胞の心情やそれに基づく嘆願運動……ああ運動といえるのかな……。それに何かを言えるのか……? 言えないですよね……」

「Hさん、私はこう考えています。人を殺してしまった償いはとうてい不可能だ。どうしても無理です。さっき、生きて償う、と言いました。でも生きて償うことも、殺された人を生き返らせられない以上、絶対的に無理ですよね。でも、死んで償うこともできません。殺された人が、もうひとり増えるだけです。ここで私は、殺人であろうが、死刑であろうが、人殺しは、絶対悪だ、という原理によりかかるのです――」

高畑健郎弁護士が私に会いに来たのは、A君に極刑を嘆願する同胞たちとはまた違う、この裁判への在日の意見を反映させたい、ということだった。憎悪殺人に憎悪で応酬せぬこと。この事件を私――私たちが、《事実》を踏まえて、どう捉え、どう克服していくか、という課題の提示だった。この事件が起こってしまった以上、もう昨日までと同じように、昨日の続きのように、今日や明日を生きてはいけない。この暴力に暴力が積み重ねられ続けている世界。戦争とは形が違う、それだけに醜く歪んでいる、植民地でほしいままにされたような暴力が蔓延する日常に耐えて生き延びる。それにふさわしい思考と行動を鍛えること。恐らく微力どころか、無力でしかないにせよ……。そうしなければ自由は完全に奪われてしまう。

高畑弁護士が事務室を出た後、ＹｏｕＴｕｂｅで「小さな蓮池」を繰り返し聞きながら、この事件の《事実》に徹底的に依拠し、当事者として、この事件をいかに克服するかに智慧を集めてくれるに違いない在日文学者の先輩、友人、後輩らの顔を思い浮かべた。

締め切りが迫っている小説のとっかかりがようやく見えてきた。「小さな蓮池」をテーマにした寓話だ。

参考・引用文献

安田好弘『死刑弁護人——生きるという権利』（講談社＋α文庫、二〇〇八年）
京都にんじんの会編『銀幕のなかの死刑』（インパクト出版会、二〇一三年）
京都にんじんの会編『死刑映画・乱反射』（インパクト出版会、二〇一六年）
朴秉植『死刑を止めた国・韓国』（インパクト出版会、二〇一二年）
辺見庸『記憶と沈黙』（毎日新聞社、二〇〇七年）
辺見庸『いま語りえぬことのために』（毎日新聞社、二〇一三年）
「死刑廃止国際条約の批准を求めるＦＯＲＵＭ９０」ＶＯＬ．１５８、１６０、１６１

フィウォナ——希願よ！

私はある予感を確かめるため、駅ロータリー正面にある商店街の薬局へ急いでいた。肌を刺す風がときおり瞬間的に斜め横から強く吹きつけ、紅葉葉楓《もみじばふう》の街路樹を鋭く軋ませ揺さぶった。紅葉した葉っぱがごっそりと梢から連れ去られて歩道を走る。私はそれを乱れた前髪越しに見た。歯科衛生士として勤めるクリニックで流しているFM放送の四時の天気予報が、いま吹いている北西の風は木枯し第一号だ、と告げていた。横断歩道を渡ると、木枯しは背中の方の首筋から躰に冷気を流し込み始めた。商店街のアーケードの各所についているスピーカーからジングルベルが流れている。浮かれた音楽とは裏腹に、人々はなにか漠然とした不安を抱えているかのように、黙々と家路を急いでいる。

——いや……それは、私だけ、なの、かも、知れない……。正直、ある予感は私の気持ちを沈み込ませていた。予感がもたらす不安？　いや、それ以上に未経験への恐れ……？

店頭にティッシュやトイレットペーパー、洗剤とシャンプーなどの特売品が山積みされている薬局が見えた。私は歩みを早める。誰かに見られたくない、秘密を知られたくない、という気持ちの反映。眼を伏せて自動ドアを通り抜けた。生まれてはじめて買うものはきっと、女性用品の棚にあるはず。そう見当をつけて、天井から下がるポップをたよりに店内を進む。いろんな種類の生理用品が性能を競う棚を、隅から隅までなんどもなぞる。……ない。私の求めるものは見つからない。ふーっ、と息を吐く。深呼吸。意を決してレジへ。

「……あの、妊娠を検査するものというか――」かすれ声……顔がほてってきた。

「あっ、はい、はい、ありますよ。そうですね、いまこれが一番売れていますけど」と、私より確実に五歳は若い、すきなくメイクした白衣の女性が、レジカウンターの後ろの引き出しから、ピンクに縁取られた「妊娠検査薬」との白抜き文字が浮き立つ細長い箱をふたつ取って、カウンターにおいた。「一回用と二回用がありますけど、どちらになさいますか?」彼女はこともなげに聞いてきた。

「どちらがいいですか?」おずおずとたずねる。

「確実に、ということなら、二回用のほうがいいと思いますよ。お得ですし」さりげなくつけ加えた。

「じゃあ、二回用を……」この人は妊娠検査薬を使ったことがあるかしら……。

私はひと月半前、結婚式をあげていた。生理は式の四日前に始まっていた。チマチョゴリをドレス風にアレンジした純白の花嫁衣裳。式の当日、生理は終わりかけていたから、衣装を汚すことはないだろう、と安堵していた。

「ねえ、韓国語習ってみない？」携帯の向こうで、いとこの淑美姉ちゃんは、私の反応を探るように言った。「それでね、講習が終わったら支部のみんなと飲みに行くんだけど、それがすごく楽しいの――」

思えば、私がヒジュニ・オッパ（兄さん）と結婚できたのは、いまは淑美＝スンミ・オンニ（姉さん）と呼ぶ彼女からの五年前の電話が、始まりの、始まりだった。私のアボヂは在日二世の韓国人で、お母さんが日本人。ずっと日本の学校へ通った私の国籍は韓国。長男のアボヂは、一族の祭祀＝チェサをわが家で行い、取り仕切っていた。私はなに人なのか？……日本で生まれ育ったんだから日本人だ、と割り切ろうにも、自分だけは騙せない。痛みを伴う違和感は消せない。私の姓は豊川で、名は美和子。豊川は韓国語でプンチョンと発音し、アボヂの一族である盧《ノ》氏の朝鮮半島の出身地にちなむものだ、と随分小さいときにチェサで教えられた。帰化しないアボヂは、私の将来を心配していて「手に職をつけろ」と口癖のように言った。そのアドバイスの言外にあるものはよく感知できた。だから私は懸命に勉強して大学に入り、目一杯アルバイトして学費を補い、歯科衛生士の資格を取った。

……でも韓国人だと言い切れるはずもない。キムチは食卓にいつもあった。アボヂはアボヂで、父方のおばさんはコモ、おじさんはサムチョンと呼び、そのつれあいをスンモと呼んだ。そうとしか呼びようがないから、そう呼んだが、外ではアボヂをお父さんと言った。でも韓国語はわからない。韓国で暮らすなんて想像もできない。日本でしか生きられない韓国人……なのだ。

　淑美オンニに連れられて、はじめて在日韓国青年同盟＝韓青の支部に足を踏み入れた韓国語講習会開講式の日、あの日も風が強かった。西の空に茜の微かな明るみが残る夕暮れ、支部があるアパートへ向かう途中、小さな児童公園の脇を通った。背の高い桜の古木が数本、公園の街灯の光を薄桃色に染めていた。「まだ花が残っているね」と言った瞬間、つむじ風が吹いて、桜の花びらに襲われた。そこから五分ほど歩いた路地の奥に古びた木造アパートがあった。こんなとこでやるの？　と会館の会議室をイメージしていた私は、なじるように淑美オンニんに言った。単身者向けの二Kアパートの二階の一室が支部だった。私がくるのを待ちかまえていた十人に満たない青年たちが、口々に私を歓迎した。あれ、君の髪に桜の花びらがいっぱい入り込んでるよ、と面白がったのがヒジュニ・オッパだった。彼は本部の常勤《イルクン》で、私より五歳年長、辛うじて二十代の二十九歳、と自己紹介した。支部に中級の韓国語《ウリマル》を教えられる人がいないから、ウリマル講習会のときだけ支部にくるのだ、とも。支部委員長のソンフィ・オンニが、今日はじめて支部にきた大学一年のチョンジュンと私を、初歩クラスの生徒として授業をしてくれた。アーヤーオーヨ……丸と棒と四角と鉤型の組み合わせ。チンプンカンプン。でもさ、ノ・ミファヂャというあなたの本名と、万能あいさつアンニョン！　は覚えて帰って、とオンニ。

　〈盧美和子〉ノ・ミファヂャ――私の本名？　両親からも呼ばれたことのない名前。じゃあ、〈豊川美和子〉はなんなの……？　軽い反発を覚えた。でも、ここではミファヂャでいるのが無難だ。男性医師が君臨する女性中心の職場で、悔し涙を流したこともある経験から、小狡く計算した。

国語講習会のほかにも、自分はなに者なのかを考えることや、国の歴史を学ぶセミナーをやってるのよ、と居酒屋で横に座ったソンフィ・オンニがチラシをくれた。テーブルを囲んだ八人のうち五人が女性だった。生ビールを待つ間、私と淑美オンニを含めて女性全員が、支部では吸えない決まりのタバコを、待ちかねたようにくゆらせていた。男性は誰も吸わない。ヒジュニ・オッパが、テーブルに濃く漂う紫煙に顔をしかめて手で追い払いながら「同志の健康のため、喫煙は控えめに」と言った。ソンフィ・オンニが「異議なーし」と挙手して、灰皿においていたタバコをくわえ、オッパを見ながら美味そうに深く吸い込んでから、首を後ろに向けて細く煙を吐き出した。「あーらら、消さないんだ」がくりと首を垂れたヒジュニ・オッパ。みんな笑った。私の鎧がほどけた。

生ビールを数回お代わりして、まぐろぶつや唐揚げ、焼きそばなんかでお腹が満ちてくるころ、ここにいるみんなが民族学校とは縁がなく成長したことがわかってきた。

「俺たちさ、民族教育が受けられなかったせいで、この社会の地金——つまりさ、他者の系統だった否定と差別を根幹にする植民地主義を内面化して、朝鮮と朝鮮人が嫌いだった。けどさ、韓青が俺たちの学校なんだよ。自分自身とお袋たちをもっとよく知って好きになるために、これから学べばいいんだ」

ヒジュニ・オッパが力説する。この人、小難しくて、面倒くさそう。でも私は、セミナーに参加することを約束した。職場の人間関係が煩わしかった。そこで私は、出自について不自然に沈黙する。これまで直接差別されたことはない。けど、韓国人への差別があることをよく知っている……。陰口をたたかれたくない。差別は怖い。だから黙っている。でもいま私は、この居酒屋で自分の話をする。出自について淑美姉ちゃんも加わって、アボヂと母のこと、チェサのやり方、微かに記憶するハルモニ（おばあさん）のことを、自然に話している。家族や親戚以外の場所で、はじめて晴れ晴れと自由だった。だからセミナーに参加してみようと思った。本音は、セミナーよりも、居酒屋でまたみんなとこうして話せることが楽しみで……。

どうして韓青活動を続けてきたんだろう？　韓青の活動は、学校というよりは、政治活動に重点があった。韓国の民主化運動と祖国の統一運動、在日同胞の民族的権利の確立、擁護。セミナーで学び、支部の蔵書や先輩に勧められた本を片っ端から読んだ。そして一年後、支部の常任委員になった。同じ境遇の在日青年を支部に呼ぼうと個別訪問し、朝鮮半島の統一支持を訴えて街頭情宣をした。集会やデモは日常的なことになった。韓国では民衆の闘いで民主化が進み、南北首脳会談があって交流と協力が進展して状況がよくなっていた。でも日本では、「慰安婦」問題へのバックラッシュと、拉致問題を契機に、韓国・北朝鮮バッシングで社会が急速に息苦しくなっていた。歴史が捻じ曲げられ、それが「事実」だと修正される。それは間違っている、という理性と常識の声は、官民挙げた怒声と無言の多数者の承認によってかき消されていた。

そんななか、ソウルで開かれた南北海外の同胞が集まる統一大会へ仲間たちと参加した。天を突くような統一熱気は、これまでの活動に確信を持たせてくれた。大会後、国内の青年団体との交流があり、その一環として元日本軍「慰安婦」のハルモニが暮らすナヌムの家を訪問した。深く刻まれた皺のなかから強い光を放つ瞳。元「慰安婦」のハルモニたちから、癒えることのない苦痛と、公式の真相究明も謝罪も賠償も拒否する日本政府への激しい怒り――全存在をかけた正義の希求を聞いた。ハルモニの涙に、日本で活動する自分たちの力不足を思い知らされた。身がすくんだ。ハルモニたちを性奴隷にした旧日本軍の醜悪な暴力は、運命の歯車が少しずれていたら、当時朝鮮で暮らしていた私のハルモニに加えられたかも知れない。元「慰安婦」ハルモニの存在と、在日の私の存在が、時空を超えて重なった。

人間らしい正義！　の側にいたい……。

「ミファヂャさん、韓青はどうして北朝鮮を批判しないんですか！」

チョンジュンが私の視線を跳ね返す強い眼と口調で言った。支部にこなくなった彼になんども電話して、やっと会えた深夜のファミレス。彼は続けた。

「それに慰安婦問題、強制はなかったのに、いつまで謝らせ続けるんですか。ぜんぜん未来志向じゃない。僕はもう韓青についていけないし、支持もしない。それに就活を睨んで、一家で帰化するんです。〈チョンジュン〉はもういませんから、連絡しないでください」

彼は水も飲まず、それだけ言うと、さっと立って出口へ向かった。そびやかした細い背中。周到に準備したはずの論理と言葉が一瞬にして凍りついた。自己決定であるかのような〈半強制〉じゃないのか？　……いや、いや、きっとチョンジュンにも深い葛藤はあったろう。この社会で彼なりに生き抜くために、彼なりの決断をしたのだ。でも、こんな風に決別を宣言されるのは、は悲しい。そう……みんな私と同じじゃない。けど……。チョンジュンは、いま、どうしているんだろう？

薬局を経由しての自宅アパートへの帰路。晴れぬ気持ちが無意識にいろんな過去を私に去来させたようだ。外階段を昇って部屋のドアを開ける。誰もいない。ヒジュニ・オッパは昨日から広島県本部へ出張で、帰路に兵庫、大阪、京都に一泊ずつして会議を主宰し、週明けに戻る。二週間ほど前、彼から西への出張予定を告げられたとき、すでに軽い吐き気が始まっていた。そのせいでタバコが吸えなくなっている。ある予感……。そしてやはり、生理はこなかった。私の生理周期は順調だから、間違いないだろう。けどまだ確かじゃない。オッパが出張で家を留守にするのを見計らっていた。

トートバッグの底からピンクの箱を取りだす。「99％以上の正確さ」と大書してある。買ったときには気づかなかった。そうなのか……。説明書を読む。妊娠しているなら、生理予定日のころには、すでに胎児の脳や心臓などの諸器官が形成され始めているという。もう人になり始めている……。トイレに座る——。検査薬をあらかじめテーブルに重ねて広げておいたティッシュのうえにおいた。判定窓を息を殺して凝視する。赤紫の縦ラインがくっきり浮きでてきた。陽性。

携帯が鳴った。ヒジュニ・オッパならなんと言おうか。妊娠という事態に直面して、千々に湧きだす思いが、言葉になる前だった。淑美・オンニ。K市の朝鮮学校がZTグループに襲撃されているという。すぐにパソコンを立ち上げた。あいつらが撮った動画がYouTubeにアップされている——。


「日本人を拉致した朝鮮総聯傘下の朝鮮学校、こんなもんは学校じゃない!」

「なかに子どもがおるから静かにせいやと。関係ないわ。スパイの子どもやないか!」

「北朝鮮のスパイ養成機関、朝鮮学校を日本から叩き出せ!」

「五十年ものあいだ勝手に公園を占拠してきたんです」

「約束というものは人間同士がするものなんですよ。人間と朝鮮人では約束は成立しません」

警官は襲撃者のヘイト——罵詈雑言を制止しない。ただ傍観している。学校関係者がZTグループに迫り抗議する。警官は関係者を押し返す。倒錯した場面が歪んだ罵声を伴って永遠に続くかのよう。怒りが萎え、悲しみが噴きだして、怖れに変わった……。私たちは見殺しにされる存在なのだ。生きていていいという前提が完全に壊れていた。
ヒジュニ・オッパは「子どもができたら朝鮮学校へ通わせる」と常々言っていた。「まずなんといってもウリマルだよ。あなたも俺も苦労してるもんなぁ。それと歴史や文化をみんなで勉強して、自分に誇りを持ってもらいたいよ――」

それに反対する理由はなにもなかった。だけど……。過呼吸になる。吐き気がする。パソコンをシャットダウンした。嗚咽が止まらない。悔しい、悲しい、助けて、もう嫌だ……。こんな社会に、私らの子どもを生みだせない！

また携帯が鳴った。ヒジュニ・オッパ。でも声がでない。
「ミファヂャ？　ミファヂャだよね。どうした？　なにがあった？」
私は声を絞りだした。
「……こ、殺さないで、死なせることって、できる？」

まだ暗い真冬の朝、炊飯器からご飯の炊ける匂いがしてくる。私は吐き気に襲われて、重い躰をくねらせる。神経質なヒジュニ・オッパは必ず目覚めて、大丈夫？　と声をかけてくる。でも、黙って、と思う。妊娠がわかったときの私の言葉にショックを受けた彼。心配といたわりを口にせずにはいられないのだ。そして、大丈夫、という返事で安心したがっている。けど、大丈夫じゃないのに、大丈夫、とは言えない。私は黙ったまま起きあがり、キッチン脇のトイレに入る。お母さんと出産経験があるオンニたちの話から、私のつわりはかなり重いと知った。ご飯を炊く回数が減った。職場からの帰り道、商店街の総菜屋さんの揚げ物と煮物の匂いも、つわりを誘発する。必要な買い物があるとき以外は、商店街を通らないことにした。

担当の女医、長瀬先生が少しせりだしてきた私のお腹にエコー検査のプローブを当て、ゆっくり動かす。モニター画面の丸い台形の映像は、さかんに揺れている。プローブの動きにまるで連動していない。「よく動くねーこの子は」と先生がなん度も言う。感じ始めていた胎動をこの眼で確かめた。赤ちゃん！　ごめんね。どうしてオンマ（お母ちゃん）は……。鼻の奥がつんと痛くなり涙がにじんだ。

「頭の方からチェックするからね。うん、いいね、大丈夫だよ」

先生が私の涙になにを感じたかわからないが、ことさら明るく解説してくれる。

「はい、ここお股だけど、どうします。知りたい？」

あなたが女の子だとわかった同じ日、朝鮮高校は高校無償化制度の適用が見送られ、審査すると発表された。ああ、やっぱりか。制度開始からおいてきぼり。予想していた。とはいえ、少し落ち込んだ。オンマはだけど、それへの怒りを、勇気に変える、とアッパ（お父ちゃん）と誓ったよ。単純なことだよ。朝鮮学校の生徒が、そしてやがてあなたも、朝鮮人だという自分の根っ子に根差して学び、自分を確立する権利を認めない、という不条理。そんな不条理を許していることは、自分の恥だ、と大多数の日本人が感じてはいないこと。それこそが致命的な私たちへの暴力。私たちは、逃げようと思えば逃げられる運命を生きているわけじゃない。逃げて、この暴力と恥に加担したくない。人間らしい正義の側にいたい。あなたと、アッパと、みんなと、国籍を問わず、民族を問わず……。

あなたの名前をアッパと考えた。生まれ抜き、生き抜くという、希な願い――희원。希な願いは、希望。フィウォン、フィウォニ、フィウォナ。あなたを呼ぶたび、私たちは希望を噛みしめる。

ヒジュニ・オッパは残暑が厳しいなか、汗を拭きながら分娩室に貼る横断幕をつくっていた。A3用紙を四枚張り合わせた横長の紙。予定日まであと四日。モールで縁取り、スカイブルーで書いた。「できた」とオッパが満足げに私を見る。「うん、いいね」

夕飯を食べ終えたら、おしるしがきた。

「えっ、なんで、早いじゃないか」

ビールでほろ酔いになっていたオッパが焦りだす。病院に電話。待機の指示。

「陣痛の間隔が十分以下になったらきてください」

陣痛の間隔は時計の針を刻むように正確に短くなり、痛みも増してきた。夜が深まり、日付が変わるころ十分以下になった。タクシーを呼ぶ。救急入口で待機してくれていたなじみの看護師さんに、オッパが横断幕を渡す。あらかじめ依頼していたので、「はい、これですね」と話が早い。

陣痛が間断なく襲ってくる。気がつけば分娩台に乗っていた。壁の横断幕が眼にはいった。

なん分、なん時間たったのか——。

「はーい、生まれたよー！」

長瀬先生の声。産声は小さくしか聞こえない。

赤ちゃんが私のかたわらにきた。

ぎこちなく手足を動かす命の塊。

「お願いします！　せーの」

鼻水が混じった声でヒジュニ・オッパが言った。

「희원아！ 탄생 축하합니다！ フィウォナ！ タンセン（誕生）チュッカハムニダ（おめでとう）！」

分娩室にいる全員の声。祝福のなかで私たちは、フィウォナとともに希願を生きる確かな一歩を踏みだした。

初出一覧

Ⅰ

墓守り　『労働者文学82』労働者文学会（二〇一七年十二月）
墓殺し　『労働者文学81』労働者文学会（二〇一七年七月）
ひまわり　『同行者大勢 第10号』埼玉文学学校（二〇一三年三月）
煙のにおい　原題「煙の匂い」。『架橋　VOL．33』在日朝鮮人作家を読む会（二〇一七年六月）
あばた　『部落解放　増刊号』712号（二〇一五年七月）
君が代アリラン　『労働者文学80』労働者文学会（二〇一六年十二月）

Ⅱ

こわい、こわい　『同行者大勢 第11号』埼玉文学学校（二〇一五年六月）
歌う仕事　『労働者文学 74』労働者文学会（二〇一三年十二月）
鏡の国　『労働者文学 76』労働者文学会（二〇一五年一月）
あるところ……　「思想運動　No.994」活動家集団思想運動（二〇一七年一月一日・十五日）
新・狂人日記　原題「続・狂人日記」『労働者文学79』労働者文学会（二〇一六年七月）
小さな蓮池　『労働者文学83』労働者文学会（二〇一八年十二月）
フィウォナ！――希願よ！　「思想運動　No.1036」活動家集団思想運動（二〇一九年一月一日）

あとがき

還暦を越える歳になると、生まれてくる子どもたちや新しい友らに出会えた喜びよりも、大切な人びとの死に直面して骨身に沁みる悲痛を忍ばなければならないことの方が増えてくる。父母や親族だけでなく、私の人生に大きな影響を与えてくれた文学者、編集者、先輩、友人たち……。これからも私は、私の命が尽きるまで、逃れようもなく大切な人びとを失う苦痛に襲われ続けるだろう。それが齢を重ねる、ということの宿命なのだ。

本書に収めた短い小説たちに修正と加筆をしながらふと苦笑したのは、これらの作品のほとんどが在日朝鮮人の〈死〉を、さまざまに、飽きもせずテーマにしていることだった。そうなったのは、私が先に逝った在日一世や二世たちの追悼を引き受けなければならない年齢に達したからだろう。ある在日朝鮮人の死には、植民地主義の歴史と現在が深く刻印されている。残念ながら、どんなに平穏であろうとしても、在日朝鮮人は植民地主義の暴力から、いまだ解放されていない。

「植民地主義は他者の系統だった否定であり、他者に対して人類のいかなる属性も拒絶しようとする凶暴な決意である故に、それは被支配民族を追いつめて、『本当のところおれは何者か』という問いをたえず自分に提起させることになる」（フランツ・ファノン『地に呪われたる者』みすず書房）

本短編集に通底するもうひとつのテーマは、植民地主義——ヘイトスピーチ、ヘイトクライムに対する足掻きにも似た抵抗と対峙である。これも唇を噛みしめながら、ひたすら反復している。と同時に、反復は少しずつずれている。小説でしか表現できない虚構的現実が、読者にとって新たな経験となり、不可視の何かを実感的に捉える手掛かりになれば、と願う。

私たちは、植民地主義の克服という世界中が同一の問題を抱えている世紀に生きているのは間違いない。そして、私たちは〈いま〉から逃走できない。〈いま〉が私たちの時代であり、〈いま〉を生きるしかない。だから私は、これからもこの〈いま〉ではない、別の〈いま〉を求めて細々と書きつづけていくだろう。

最後に、小説を書くことの精神的な支えであり厳しい第一読者であるパートナーの崔鐘淑《チェチョンスク》と、初出原稿を丹念に読み、本書刊行のための協働作業に力をつくしてくださった三一書房の高秀美さんに心から感謝します。

二〇一九年三月一日（三一独立運動百周年の記念日に）

黄英治

黄英治（ファン・ヨンチ）
1957年岐阜県生まれ。2004年「記憶の火葬」で労働者文学賞２００４、2015年小説「あばた」で第41回 部落解放文学賞受賞。
著書に『記憶の火葬—在日を生きる—いまは、かつての〈戦前〉の地で』（影書房、2007年）、『あの壁まで』（影書房、2013年）、『前夜』（コールサック社、2015年）、『在日二世の記憶』（共著、集英社新書、2016年）、韓国語版『前夜』（韓程善訳、宝庫社、2017年）、韓国語版『あの壁まで』（鄭美英訳、2019年刊行予定）がある。

こわい、こわい -短編小説集-

2019年4月5日　第1版第1刷発行

著　者—— 黄英治 © 2019年

発行者—— 小番 伊佐夫

装丁組版— Salt Peanuts

印刷製本— 中央精版印刷株式会社

発行所—— 株式会社 三一書房

〒101-0051
東京都千代田区神田神保町３－１－６
☎ 03-6268-9714
振替 00190-3-708251
Mail: info@31shobo.com
URL: http://31shobo.com/

ISBN978-4-380-19002-5　C0093　Printed in Japan